雾色青桐

陌安凉
◎著

天津出版传媒集团

天津人民出版社

图书在版编目（ＣＩＰ）数据

雾色青桐 / 陌安凉著. -- 天津：天津人民出版社，
2017.3（2020.3重印）
ISBN 978-7-201-11358-6-01

Ⅰ．①雾… Ⅱ．①陌… Ⅲ．①中篇小说－中国－当代
Ⅳ．①I247.5

中国版本图书馆CIP数据核字(2017)第030081号

雾色青桐

WU SE QING TONG

陌安凉 著

出　　版	天津人民出版社
出版人	黄　沛
地　　址	天津市和平区西康路35号康岳大厦
邮政编码	300051
邮购电话	（022）23332469
网　　址	http：//www.tjrmcbs.com
电子信箱	reader@tjrmcbs.com

责任编辑	玮丽斯
特约编辑	袁　卫
装帧设计	胡万莲　杨思慧
责任校对	曾乐文

制版印刷	三河市华东印刷有限公司印刷
经　　销	新华书店
开　　本	660毫米×960毫米　1/16
印　　张	14
字　　数	170千字
版权印次	2017年3月第1版　2020年3月第2次印刷
定　　价	39.80元

目 录

目 录

第一章
入学风波

雾色青桐

当我完成了九年义务教育加上三年的高中生活，和我最好的朋友叶碧含一同考入A大时，我的内心是无比激动的。这一切的美好幻想，早已在我脑海里轮番上映了好几回，终于成为现实。

我们的故事，就是从这个盛夏开始的。伴随着夏日的初升朝阳，伴随着河畔的习习微风，伴随着夏夜的阵阵蝉鸣，它就这样悄无声息地开始了。

整个暑假，我和叶碧含都在做洗涤心灵这件事——在孤儿院做义工。别看那些小孩子天真无害，他们整人的技术可是一流。但后来我才知道，只有与孩子相处才最容易，也最轻松。

手机嗡嗡地振动起来时，我是并不想接的，我朝着隔壁教室的叶碧含挥了挥手机，她心领神会地给了我一个同情的眼神。我妈这个大喇叭，就像是在我手机上上了闹钟一般，定时响起。

"喂"字还没有喊出，那边的声音就已震彻山谷了。

"青桐！啥时候回来啊？饭马上就好了，你别磨蹭了，别赶中午那趟公交车，人又多，又是下班的点，等你回来饭都凉透了，最好现在就走，人不多还凉快……"

哇啦哇啦，那边的声音犹如滔滔不绝的江水。我只能将手机离开我耳朵，远一点……再远一点……

"好啦好啦，我知道啦！"

我刚想要挂电话的时候，手机被叶碧含抢走，然后挂断了。她一副视死如归的表情："剪不断，理还乱，当断则断！"

我猛地点点头，深表赞同。

这个从幼儿园就被我喻为"红颜祸水"的叶碧含，曾多次替我做出如此果断壮烈的决定，是我人生中不可缺少的方向盘。

"程老师，你又要走了吗？"

我低头，孤儿院的二宝死死地抱着我的大腿，水汪汪的大眼睛仿佛要滴出水来，我看到后欲罢不能，只想在他如剥壳鸡蛋似的小脸上"吧唧"亲一口。

"程老师明天还会来的，你们要听院长的话！"

小朋友们看见二宝此举动如此有效，竟引来老师的这般关心疼爱，纷纷爬在了我和叶碧含的腿上，瞬间，我俩就动也动不了了。

"啊……放开我的大腿啊……今天回家怕是又躲不过一顿骂了。"

李院长刚好从这里路过，这才把一个个树袋熊从我和叶碧含身上扒下来："不好意思啊青桐，这些孩子太调皮了，你们不能太惯着他们。"

"孩子嘛，都是这样的，没关系。"

我和叶碧含在等公交车时，我特意多看了她两眼，发现上天真的很不公平。

我说："小含，我们每天都是同样在太阳下晒，为什么你依然那么白，我却晒成了包拯！"

叶碧含："哦，你在想这个问题啊，科学上是这样解释的，黑色容易吸热，你本来比我黑，就容易吸热，然后就越黑，就更容易吸热，所以就会更

雾色青桐

黑，然后……"

我发誓，叶碧含之后说的话，我真的没有听到，我的视线大概全部聚焦到了叶碧含身后的那个男生身上。

白色的T恤，简简单单，没有任何花纹，却不会觉得单调。圆形的领口下，锁骨勾勒出完美的线条。之后，我才慢慢将视线上移，看到了那双深邃的眸子，几乎是一动不动地盯着一个点，看似在发呆，却又那么炯炯有神。好似前方有什么吸引着他，朝着那个方向无限向往着，目不转睛。我没有见过那么黑那么亮的眸子，灿若星辰，从小到大，我见过长得最好看的人就是叶碧含，而此人，一定比十个叶碧含还要好看！

叶碧含："程青桐！发什么呆呢？"她终于顺着我放光的双眼看了过去，看见了这个光彩照人的少年。

叶碧含一个白眼翻了过去，在我耳边小声嘀咕："我还以为你看见什么了呢，有帅哥看也不通知我一声！"

我这才从梦中惊醒："小含！这么多年了，咱俩感情没得说吧。你身边前赴后继的帅哥有的是，不差这一个吧，你和我说这话，过得去嘛！"我当时那个姿势，用叶碧含当时的话来说，就是"好像一个泼妇"，两手叉腰，咄咄逼人。

公交车缓缓开来，我还是赶上了中午高峰的点。我家章婉秋女士，定会提溜着我的耳朵念叨上一下午。想到这里，我就巴不得这辆车就这么永远开下去，别到站。

白衣少年左脚刚迈上公交车，我就紧随其后，人多得简直像挤在一个沙丁鱼罐头里，只不过，我们这个罐头是人做的，放眼望去全是脑袋，叶碧含也不知道被挤到什么地方去了，我只觉得身边黏糊糊的，全都是人，唯有眼前这个人的身上干干净净、清清爽爽，耳朵里塞着耳塞，一副世外高人出淤泥而不染的样子。

终于挤上了车！

我刚打算从钱包里把提前准备好的零钱拿出来，却发现自己的口袋早就空空如也，心下一惊，一定是往上挤的时候被人偷了。

天气本就十分热，后面排着很多人在等着上来，我站在原地，捏着裤兜团团转，后面大妈不停地催："小姑娘，坐个公交车而已，不至于逃票吧！"

我心下咒骂，为什么世上的大妈都这么恶毒，都和我妈一个样啊！我可是为了做义工天天自己挤公交车的三好学生啊，如今竟沦落到如此地步！

"司机师傅，我帮她投币，让她上来吧。"

我呆呆地看着眼前这个少年，双眼放光，内心无比感激，嘈杂的环境里，我却只能听到自己的心脏在扑通扑通跳个不停，这一定是上帝引导我们相遇，相识。

可那少年除了帮我投了两块钱的硬币之外，看都没看我，径直往前走了。我便左挤右挤地跟着他，想对他由衷地说一声谢谢。

他一定是这个夏日里清凉的一阵微风，专门为我而起。想到此处，我不由觉得脸都在发烫。

他终于在靠门的地方停下，依然戴着耳机，目光顺着车门上的窗向外看去。

我挤到他身后，拍了一下他的后背："你好！"

他回头，摘下耳机，满脸写着"你是谁"的狐疑表情。

我只能继续做自我介绍："谢谢你刚刚帮我投币，我的钱包应该是上车的时候被挤掉了，这里的人实在是太多，中午又是高峰期……"说到此处，我忽然觉得我继承了章婉秋女士的某些特质，便立马自觉地闭上了嘴。

"不客气。"

冷冷的三个字"不客气"，竟让我无言以对。

无言以对也要继续说："那个能告诉我你的电话吗，回头我帮你充话费，放心，我不是骗子。"

"不用了。"顺手把耳机又戴上。

又是冷冷的三个字"不用了"。

瞬间车内温度降到了零摄氏度以下。

"青桐！"

听到了叶碧含的呼唤，我也只能放下美少年闻声而去。叶碧含在后面惊喜地朝我挥手，大概是找到了一个座位。

叶碧含难以抑制脸上的欣喜："今天简直是人品爆炸，车上竟然会有一个空座位，我刚刚找了你好久都没看见，后来我是看见了那个白衣服的少年才顺势找到了你，你未免太主动了。"

我朝她白了一眼："姐姐我钱包被偷了，连两块钱的公交车钱都没有，是那个白衣男生给我投的币，我当然得去找他当面道谢啊。"

叶碧含一脸不敢相信的表情："然后呢然后呢？"

"怎么样，是不是觉得冥冥之中上帝在指引我们遇见啊！"

叶碧含一笑，语速特别快地继续说："你别想太多，我只是觉得，这个年头的小偷都疯了吗？简直就是饥不择食啊，也不看看你这穷酸样儿，偷了钱包哭的一定是他啊。"

我连连摇头，不得不称赞她现在的语言攻击力："小含，你变坏了，你的嘴越来越毒了，你不关心我和帅哥的对话，反而对我钱包被盗很是上心啊。"

叶碧含双手环胸，靠着座椅："好吧，说正题，他为什么帮你投钱？"

我快速进入了刚刚的画面，若有所思："是不是其实钱包是他偷的，他只是想和我认识一下，就自编自导了这部小小的情景剧，然后又故作高傲，来个欲擒故纵，从而虏获美少女程青桐的心！"

我脑海中想完这幅画面后，兴奋得要死，扭头想要得到叶碧含的回应，此人却同样看着窗外，完全忽视了我。

叶碧含拍了拍我的背，温柔地说："该吃药了，乖，吃完药，就去睡觉。"

后来的事实证明，这确实是上天安排的相遇，而这场戏，我投入了百分之百的情感，我不曾后悔。这场戏，他教会了我爱，最终却没有把爱给我。但我依然感谢，他曾出现在我的生命；感谢那个盛夏，他和我一同出现在公交车的站牌下，为我的青春，撑起一片阴凉。

终于熬到了新生报到，对于被家长束缚了十几年的我们来说，最向往的就是大学生活的自由，以及大学里面的帅哥。

关于帅哥，叶碧含兴致似乎不是很浓，从小到大，她的少女心早就被这些前赴后继的追求者消磨没了，所以，对于她来说，大学和高中也没有特别大的区别。

报到那天，她穿了一条绿色的雪纺纱裙，一直到膝盖，不长不短，恰到好处。长长的卷发像海藻般流淌在她瘦削的背上，睫毛微卷又密又长，灵动的眸子好似会说话。就连我都盯着她看了好久。以前我不明白，为什么有那么多人喜欢她，现在我终于懂了。

在那个学习好、头发长、涂指甲油、戴耳钉就为美的学生年代里，并没有很多人会关注到谁的睫毛浓密，谁的腿长，也很少有人关注到，叶碧含悄悄地蜕变成了美女的样子。也就只有那些感情提前萌芽的人，才会注意到，原来叶碧含是个美人胚子。而我，恰好就是那个感情一直没有萌芽的人。

那天我穿着一条牛仔短裤，一件白色T恤。对，没错，我就是因为白衣男生才买的白色T恤。但是，我只是单纯地觉得，穿白色——很好看！

刚下了校车，就看到一个人举着一个"文学院"的牌子，我和叶碧含两人一起奔着那人走去。

那个男生十分友好地说："你们好，你们是文学院的吗？"

我俩异口同声："是！"

他很开心地朝我们笑笑："我是负责接你们的学长，先跟着我去那边报到吧。"他尴尬地看了看我们两人的行李箱，我立即明白过来："哦，学长，你帮她拎就好，这一路都是我帮她拎的。"

学长客气地说："你可以吗，不行的话我一会儿过来再帮你拎。"

叶碧含同样客气地说："没关系，我帮她就好了。"

学长听到叶碧含同学的声音之后，刻意看了她一眼，然后，我就发现学长的脸已经变红。

苍天啊，叶碧含，你简直就是妖孽啊。

我只能一路走到他俩中间，防止此人中毒加深。想追我的叶碧含，首先得过了我这一关。你虽然人不错，但是长得太碍碜。

那个学长大概一路上将我咒骂了千遍，挡他视线阻他情路，并多次对他进行了目光攻击，他只能退避三舍。

叶碧含倒好，一个人走得清凉爽快，丝毫没有注意到我和学长之间的刀光剑影。

1号教学楼前摆着一排桌子，我是后来才知道里面坐着的都是学生会的人，他们在等新生报到，办手续，做接待。

如此热闹又喧嚣的场面让我的小心脏又一次激动起来，而站在我旁边的叶碧含眸子里似乎也多了更多的明亮。

而我期待的大学生活，就此开始。

新生军训永远是入学的第一课，在家的时候，我就期待过好多次，总以为会是很有趣的训练。大会通知了军训时间之后，又给每个人发了迷彩服。对于这种每届学生都会穿一遍的衣服，每个人似乎都格外重视。女生则是希望自己穿上能比别的人穿上都好看，男生则是想通过此法寻找出真正的明珠，也就是说，能把这么丑这么肥大的迷彩服穿出美感，那自然是美女。

"小含？你好了没？再不走我们就要迟到了，第一天最好不要被教官骂！"

叶碧含同学半个小时前就站在镜子前开始整理自己的仪容，本人等得花儿都要谢了，她却丝毫不觉得时间在嘀嗒嘀嗒地走。

"好了好了，马上就好。"

我听到她说马上就好，便从上铺跳了下来，叶同学的脸忽地一下出现在我眼前，我吓了一跳，往后退了两步。

叶碧含惊呼："怎么了？我化得很吓人吗？"

我盯着她仔细看了看："你化了吗？看不出来啊！结果就是这样？"

叶碧含："你懂什么，化妆的最高境界就是化成素颜的样子。"

我还在懵圈儿，这姑娘一甩头发，已经大步走了。

道路两旁全部都是郁郁葱葱的悬铃木，撑起一大片阴凉，将斑驳的暗影印在地上。在去往军训场地的路上，全部都是大一的新生，穿着迷彩服。既然所有的衣服都一样，那么要看的也只能是脸了，这是一个从一开始就要看脸的年代，而我家叶碧含这张脸，这一路上已经引来不少人的侧目，不少男生纷纷朝着我们这个方向看来，然后再假装把脸拧回去。

对于这种小儿科的把戏，我全部以白眼回之，那些目光一个个都被我顶了回去。

但是，防不胜防，我这一双眼睛实在抵不过千军万马。

学生A："这位同学，我来帮你拿马扎吧，这个一直拿着也怪累的。"说罢，上手就去抢叶碧含的马扎，叶碧含被这突如其来的举动搞得有些不知所措，死死地拿着马扎，满眼的惊恐："不用了，我自己拿就好了，没关系……没关系……"

这明显就是在大街上耍流氓，并且还当着我的面。

我朝着那个男同学的胸口就是一推，他大概是没有料到我会出手，所以一个趔趄就退后了好几步，却自言自语了好几声："没关系没关系……"

"谁和你道歉了！你哪蹦出来的，你认识她吗你上来就抢东西，和你有什么关系！赶紧滚！最好别让我再看见你，如果还有下次，绝对不是推一巴掌这么简单！"

那男生用手指着我，满脸委屈，大概是想，我又没拿你的，你多管什么闲事儿啊。

"滚！"河东狮吼一般吼了出来，那个男生彻底逃走。

叶碧含："行啊你，功力又见长，以后我是不是能雇你当保镖了！"

我冲着她得意地笑了笑，并不觉得有什么不妥。

我整理了一下头发和衣服，这才觉得跟前似乎又多了一些目光。这些目光好像在说：

"这女的也太野蛮了。"

"人家又不是找她的，她那么激动干吗啊！"

"肯定是嫉妒，女生不都这样……"

叶碧含这个时候看了一下手表，惊呼一声："糟了！还有一分钟就两点半了。"

我俩立马狂奔起来，绝尘而去。

可在后来的种种故事当中，我才明白，其实今天来抢马扎的那个男生已经可以算是比较客气的了。

因为迟到，教官让我们几个来晚的人到墙根儿底下没有阴凉的地方罚站半小时。本来就酷热难忍，还非让我们在大太阳底下一动不能动，而我最后只好——忍了。

我站在第一个，叶碧含站在我右边，再往右边是三个女生，再往右边是四个男生。大概过了五分钟，我扭头往叶碧含旁边看了一眼，发现那三个女生全部被一个男生换到了最右边，而那男生站到了叶碧含的右边，接着，用手给她遮太阳。

这也，太煽情了，大学的男生都是如此奔放的吗。

我看了看那个男生，笑嘻嘻的模样，活像娇羞的大姑娘，怎么看都配不上我家叶碧含。要不是有人看着，他估计都快化身为一块狗皮膏药贴到叶碧含的身上了，叶碧含只能不停地往我这边挪动，我估计再挪一会儿我们都要被挤出操场了。我狠狠地瞪了他几眼，他反倒是吊儿郎当的，看也不看我，我只能将叶碧含拉到我的左边，站在他俩的中间，顺便狠狠地踩了他一脚，他哑着嗓子嗷了一声，也不敢大叫。

可我们这边的动静时刻都被那边的教官和同学偷偷地看到了眼里，大家正在休息，纷纷朝着我们这边哈哈大笑，就连教官都忍不住抿嘴。惹得其他连的人也纷纷看笑话，于是乎，拜这个男生所赐，我们就这样突如其来地红了。

从今天起，在走红的路上一路飙了下去。

当然，叶碧含红的原因，是因为她长得美。

而我红的原因，是因为我太像一个汉子。

至于那些前赴后继的甲乙丙丁更成了贴吧上每日一更的小笑话。

中午食堂打饭。

迷彩服依然是主力军，经过一上午的暴晒和酷训，所有的人都疲惫不堪，都想吃点好的，我和叶碧含晒了一上午，头晕眼花更是分不清东南西北。食堂窗口众多，人山人海，等排到我们，热乎的也没有了。

可我这个时候就只想吃排骨。

这个窗口的人大多都是男生，挤得满满的都是人。我拉着叶碧含，突然有了好主意。

我说："小含，你去插队，他们肯定让你先买！"

叶碧含："程青桐同学，你是让我出卖色相？你忘了我今天上午遇到的流氓了，你是要把我往火坑里推啊！"

我有些不好意思地假笑了一下："小含含，你最好了，士为知己者死，我为排骨而生。不过你放心，我不会让你和他们说话纠缠的，你只要跟着我就行。"

叶碧含仰天长啸："都怪我交友不慎啊。"

我说："你可拉倒吧，这些天还不都得靠着我，你才能顽强地活到今日啊。"

然后，我就借着叶碧含同学的美色，顺利地插队到了最前面，买到了我最爱的排骨。

果然，这是一个看脸的年代。就连吃一块排骨，都要靠脸。

终于到了晚上可以在床上好好休息了，电话响了起来。

叶碧含在下铺，便去接起了电话："喂？"

"你好，是叶碧含吗？"

"是，你是哪位？"

"哦，你好，我……是你邻班的同学，你……晚上有空吗，一起出来吃个饭吧。"

"啊？吃饭？"

我一听就知道肯定又是叶碧含的追求者打来的，便噌地跳下床，抢过电话，学着叶碧含的声音替她回答："我有空，那我可以带个朋友一起去吗？"

对面稍稍支吾了一下之后，激动万分地说："当然可以！"

电话咣当挂断，叶碧含开始心烦意乱地念叨："青桐，我们还真要去啊，干吗要答应他啊！你今天是不是糊涂了，又想让人在贴吧上更新啊！"

"不答应我怎么去除掉他，当然是我去帮你打探行情看看他人到底如何了啊！如果我看着可靠，会通知你的！"

叶碧含呆住。

"什么？你去？你一个人去可别出什么事儿啊！"

"哎呀，你就放心吧，我能有什么事儿啊。"

"我是怕人家出事儿。"

……

无语之后，我还是穿好了衣服，到了和那人说好的地方，从窗户上看到了那个人的侧影，看上去还可以，这个人看起来倒是文质彬彬，所以便决定进去会会他。

我一拉椅子，坐在他跟前，他抬眼看到的人却是我，整个人从上到下都写满了"失望"二字，立马没了精神。

"河东狮吼？怎么是你？"

我河东狮吼的名号早就打响，所以有人这么叫，我也不觉得奇怪了：

"叶碧含有事儿，来不了了，她让我转告你，以后别给她打电话骚扰她。"

男生笑了笑："我叫易淡，早就知道叶碧含不好约，所以我是有心理准备的，不过听说一直都是你在帮她拒绝人，你俩该不会……"

本以为这个人长得还能凑合，却没想到内心这么邪恶："易淡？这个名字好，既然我们俩的关系你都看出来了，你就早些放弃吧。像你这样的小喽啰姐姐我天天见一卡车，别再打电话了，拜拜。"

易淡："你就这样把我打发了？"

"那你还想怎样？"

"你回去告诉叶碧含，说我不会放弃的。让她等着我。"

从开学至今，我确实几乎天天在充当着叶碧含的保镖，脑力武力通通得跟得上，有的时候还需要外交能力，而叶同学也在我的保护之下，健康地成长着，这我就放心了。但我的初衷就是不想让单纯的叶碧含受到伤害，却没想到，我们竟然因此而在学校里面成了名人，成了大家茶前饭后的话题，成了学校论坛上置顶的帖子。这一切，的确是意外之"喜"。

这天下午，我被热闹的广播吵了起来，走到阳台上，看见广场上面到处都搭着棚子，花花绿绿，场面热闹喧嚣，不知道在干什么。

叶碧含看见我四处张望，便解释说："学生会正在纳新，你有没有感兴趣的，可以去看看，说不定能加入个什么会，找点有意思的事情做。"接着她递给我一张学生会各个部门的介绍，我兴奋地接了过来，从头看到尾。

"文艺部……不行，我这四肢不协调的人去跳舞还不如杀了我。"

"学习部……也不行，天天学习，还让不让人好好玩了。"

"青年志愿者协会……我也不能天天都当志愿者吧。"

叶碧含走到我跟前，看了看那张各部门的介绍："去文学社吧，看你平时还挺能写点儿小文章的，这里适合你，说不准还能发表在校刊上呢。"

我心里突然激动了一下："说得是啊，这文学社不就专门为我量身定做的吗，说不准有文章发表上去，再拿给我老妈，看她以后还敢不敢说我天天乱写。"

叶碧含："你得了吧，瞧你那点出息，就和你妈两人天天斗吧，斗到地老天荒。"

于是，我就此下了决心，去文学社报到了。

一个大二的学姐先给了我一张表格，让我填完表格之后，去做一个简单的面试就可以加入了。她会把表格交给社长做一份记录，存进他们这里的档案。

我第一次见到莫西一这个名字，就是在这个表格上，上面写着：文学社社长莫西一。笔迹清秀有力，都说字能看出一个人的性格，我想，这个社长也一定是外表清秀，行事做派干净利落。

通过了简单的面试之后，面试的学长告诉我下午六点之前，我会收到一个入社的短信，到时候有什么活动，就会通知我来参加。刚要内心狂欢的时候，文学社的学姐忽然面带尴尬地叫住了我："不好意思，程青桐，我们社长有话和你说。"

我以为是我面子大，竟然还能惊动社长，有些受宠若惊地顺着学姐指的方向，那张桌子上立着一个姓名牌，上面写着：文学社社长莫西一。

我径直走到他跟前，面带微笑，用我所有能用到的礼貌说："你好，莫社长。我是程青桐，是今年的大一新生，我是来面试的。"

那便是我第一次和他做介绍，他低着头，眉头微皱，额头光洁，修长的手指握着一支英雄钢笔，笔尖在纸上哗哗作响，旁若无人，宛若这个夏日里一道美丽的风景线。

他终于停笔，抬起头，定了定神，看着我："你好，程青桐。"

你好，程青桐。

一遍一遍，在我脑海中回响。

这眸子，似乎有些熟悉，如若星辰般，在夜空中闪烁。

"程青桐？"

他的声音将我拉回，他接着说道："不好意思，你不能加入文学社。"

我立马呆住："社长，为什么？为什么不让我加入？"

他起身，微微低头，顺手整理着桌子上的杂物："你做事，太浮躁招摇，不适合做文字工作。抱歉，我们不能接纳你。"

"什么？太浮躁招摇？我什么时候浮躁招摇了！我才刚来这个学校，况且你也不了解我。"

"你自己的行为，你自己心里清楚，我想，我不用再多说了吧。"

"我……"我刚想继续说下去，可是忽然想起了开学这一个多月来，我大架没打，小架却没少打，和叶碧含那些追求者斗智斗勇，几天就上了贴吧榜首，如此看来，我确实无话可说。可是也不能因此就否定一个人热爱文学的心啊！

"社长！社长！你不能这么武断啊，你好歹看看我写的文章！看了以后再做决定！"

我这话还没有说完，此人却置人于千里之外，拉着那么长一张脸扬长而去。回到宿舍时，叶碧含正躺在床上看书，见我一鼻子灰，整个人萎靡不振，立马来了兴致："这是怎么了，谁能把我家大小姐惹成这副德行，啥情况，面试不成功？"

她简直就是一语道破我的伤心事，我将此事前因后果说了一遍之后，叶碧含难免心里有些愧疚："不好意思啊，这么说还是我连累了你。"

"你凑什么热闹，和你有什么关系。"我并无怪她的意思。

"你说那个社长就是那天在公交车上碰见的那个白衣男生？"叶碧含傻笑了一声继续说，"看来你们俩还真是有缘。"

"有什么缘，你见过这样的有缘人吗？说话不留一点儿余地。"

"青桐，你也别灰心，这样吧，既然他不愿意主动看你的稿子，你就主动给他送上门去，我听说文学社的社长每周五下午都会离校，等到周日的下午才会回来，后天下午你就去校门口堵他，把稿子塞给他！"

叶碧含的眸子清澈温柔，让我心情稍稍好了一些，每次生气难过也都是她陪着，我不说话，她替我想办法，似乎已经成了一种习惯。我从自己的书桌里翻出往日写的东西，将它们一页一页地整理在一个文件夹中。

曾经很多个漫长的黑夜都是这些文字陪着我度过，它们曾是我最忠实的伴侣，那些青春岁月，那些黑暗与快乐，都由这一个个文字记录着，或好或坏，或喜或悲，都是生命中最重要的一部分。

叶碧含："青桐，我知道这些文字的重要性，我也知道你的小梦想，你要努力，这样才会成功。"

我朝着她微微一笑，点了点头。

有很多人都觉得叶碧含好，但是很少有人能够真正地明白她的好，我很庆幸，从始至终，我都能一直拥有这样一个好朋友。

周日下午。

我大概三点左右就已经在校门口等着了，大概等了一个多小时，看见一个瘦瘦高高的身影从对面的公交车下来，直奔校园。他走过我身边时，我看到了他紧锁的眉头，我有一瞬间的迟疑，待他走到校门口的小喷泉，追了上去。

"莫学长！"

他大概并没有想到会有人这个时候叫他，转身之后四下找人，我这才横冲直撞地跑到了他跟前。

我气喘吁吁，他看着我的样子诧异不已，平息了片刻之后，我将手里的文件夹递给他："莫学长，这是我写过的一些稿子，你看一下好吗？或许会改变你对我的看法，其实我十分热爱文学，我从小就痴迷于写东西，还特别爱看书，我一定能为文学社做贡献的……"

他表情开始变得不耐烦："你还是和我第一次见你时一样聒噪，我说过了，你太过浮躁招摇，而文字是静的，只有安静方能陶冶，你来这里，实在不合适。"

他说想起了第一次见我时的样子，看来他还是记得在公交车上见过我的。虽然此时我对他的言辞没有一处认可，但又只能耐着性子，希望他能给我一次机会："莫学长，或许我看起来是吵吵闹闹的，但是我内心不是那样的，我是一个很有想法的人，能写出东西才是最重要的不是吗？请你务必要看我的稿子，它一定不会让你失望的！"

因为他几次三番的推托，我只能把稿子硬塞到了他的怀里，推的时候不小心用夹子碰到了他的脸。

他很生气地将我推开："我说过你不适合，我们文学社不需要这样的人，你何必一直纠缠，你这个人到底懂不懂什么叫礼貌。对不起我还有事，稿子给你。"

他将夹子用力向我扔来，却不巧夹子散开，稿件散落一地，好些纸页顺着风全部飘到了小喷泉里。

我一惊，看着满天乱飞的纸张，那颗满怀壮志的心像泄了气的皮球一样，忽得就没气了。

那些飞舞的文字，曾是我每一次努力的结果，那些岁月的童话，都是用青春点亮的故事，然而，它们被风吹乱，被水浸透，重要的是，被人践踏着。而我只能用最卑微的手段去把它们一张张地捡回。

喷泉里的水冰凉，而我却没有任何感觉。

远处莫西一的面容模糊不清，我不知他脸上是否有一丝愧疚，我只是觉得，我可能再也不想看见他了。

原来他就是传说中的那种自私高傲的王子，从来都不管不顾别人的感受，往别人的伤口上撒盐之后，还可以轻松地扬长而去。

我将稿子一一捡回，重新拿回了宿舍，用吹风机把它们吹干，再用书把它们压平。

我一直以来都不是很明白伤心为何物，可这一次却是真真切切地觉得心里难过。

是因为文学社的人不招纳我？

是因为自己的稿子被别人丢弃？

是因为莫西一那张铁青又毫不讲情面的脸？

还是因为他决绝离开的背影？

或许都是吧。

晚上我和叶碧含聊天。

我说："小含，我觉得莫西一和我第一次见他时的样子不一样了。"

叶碧含的声音软软的，似乎就要睡着："有什么不一样？"

我想了想，回答道："那个时候的他，至少是善良的。"

叶碧含不禁一笑："青桐，你们才见过几面而已，又怎么能分清楚他这人到底是好是坏，好是不是装的，坏又是不是装的，武断地下定论自然是不对。"

对，叶碧含说得对。

我们怎么能分清楚好是不是装的，坏又是不是装的呢。

第二章

爱情悄然萌发时

雾色青桐

文学专业的课程比较轻松，对于我们这些刚从高中生活解脱的人来说根本就不是事儿，玩一样地就把课上了。真正让我头疼的是：凭什么不让我进文学社！

像我这样不仅成绩优异而且外表出众的人，凭什么会被拒绝。这不科学！

早上六点多，天已经大亮，我惺忪着睡眼起床去上厕所，结果又想起了我的伤心事。从厕所回来以后，顺势就上了叶碧含的床，钻进了她的被子，然后从她背后搂住了她的腰，以缓解我此时即将破碎的心。

之后就是一阵透亮清脆的尖叫：啊——

"小含，是我啊！"我这才慢悠悠地报上我的姓名，"你这么敏感干吗啊！以前又不是没睡过。"

叶碧含噌地一下坐了起来，双眸睁圆："程青桐，你是不是有病，大半夜的不在自己床上好好睡觉来我床上干吗？你上来就上来，干吗要搂着我睡！"

我一愣，没想到她反应这么激烈，我只得向她再次哭诉我的伤心事儿："小含，莫西一为什么不让我进文学社，为什么为什么为什么？我这一腔热血难道就真的报国无门吗？苍天无眼啊。"

说到此处，叶碧含不出声，也不生气了，她一直都觉得这件事情是由她间接造成的，便开始一个劲儿地安慰我，声情并茂，十分真切。

半个小时以后。

"你说，我的文章哪儿不好了，他至于丢一地吗？他不就是一社长吗，嚣张什么！"

叶碧含满面愁容，不停地瞅瞅旁边摆的闹钟，终于，她忍不住了："我说，亲爱的，还有半个小时就上课了，我们还是赶紧收拾一下准备上课吧，再不去就要迟到了，到时候扣学分可是得不偿失啊。"

我只得满怀伤心地爬起床开始穿衣洗漱并且继续不停地咒骂莫西一、继续激昂地表达我的理想。

又半个小时之后。

我和叶碧含坐在了教室的中间部分，既不会像前排同学被老师死死盯住，也不会像后排同学被随时抽查，经过了一周的上课经验，我们已经知道中间是老师视角的盲区，一般不会看。

听了十分钟课之后，我再次无力地趴在了桌子上，只听旁边的人微叹一声气："好了，多大点事儿啊，下课陪你逛街去，逛一逛，什么烦恼都没了。"

"只是逛街？"

"吃必胜客、火锅、海底捞、烤肉……"

"就这样？"

"我请客！"

然后，我就觉得这个世界瞬间变得美好起来，而我家叶碧含也因此更加金光闪闪，光芒万丈："叶碧含，你就是我的女神！"

"少来。"

不得不说，叶碧含，有你真好，有你在我身边的时候，我可以撒娇卖萌，甚至可以无理取闹，最值得人兴奋的是——你通通都会买单。

我们来了学校后面的商业街，这里看起来不是特别大，也不是很繁华，却是应有尽有，也够我们这帮学生吃喝玩乐、尽情撒欢了。

叶碧含这一路上一走就总会刮起一阵风，就连女的都会忍不住朝着她多看两眼。但这厮好像从来都感觉不到有人在看她，我好奇地问道："小含，你知道你现在很引人注目吗？"

叶碧含满脸无辜的样子扭头看我："哦？有吗？看就看吧，又不能看走两块肉。怎么样，你心情好点了没？"

你看看，人总是这么的身在福中不知福，我这种外颜略微比她低一点点档次的人就已经吃不开了。

我装作宰相肚里能撑船的样子，豁达地说道："算了，不就是一个文学社吗？他不要我，我还懒得去呢，有什么大不了的。"

叶碧含："祖宗，你终于想开了，走，我带你去个好地方。"

说罢，她便拉着我去了地下商城。

"我上周在地下商城看上一条很漂亮的连衣裙，白色的，你一定喜欢，我去收了送给你。"

我双眼放光，迅速眨了眨眼睛对她放电："小含，你不用对我这么好，真的，我会感动的，万一我想以身相许了怎么办。"

"我可不要你这个费钱玩意儿，你还是留着自己养自己吧。"

兜兜转转，终于找到了那家店，门口模特身上穿着的就是叶碧含看上的那条白色纱裙。干净优雅，着实好看，只是就我这气质能穿得出效果吗？

"小含，你确定这裙子是给我看的？"

"当然，放心，我是穿衣小达人，包你满意，再说又不是你掏钱，你还不愿意了。"

"那，这个多少钱啊？"

"五百块，有点小贵，我这个月的零花钱就要搭进去了，所以你要养我。"

对我们这种并不是富贵人家的学生党来说，五百块已经不是小数目了。我们穿的哪件衣服不是从淘宝上几十块钱淘的，如今要花此大价钱买一条连衣裙，我第一反应就是拒绝。

明明能吃好多好吃的，为什么要买衣服！

"什么？要五百块！不行，绝对不行！"我急匆匆地进了店，把正在卖货的老板拉到外面，"老板，你这条裙子多少钱？有没有折扣？"

老板眉头微微一皱，似乎对我这种一上来就讲价的行为不是很满意，但还是语气温和地回答了我的话："你好小姑娘，这件衣服五百二十元，也就是520，你看这意义多好啊，你可以叫你的男朋友买给你啊。"

我心里默默地"呸"了一声，还真会说，叶碧含从后门揪我的衣服，似乎让我收敛一点，只是这个时候我已经箭在弦上，根本停不下来了："老板，我没有男朋友，你这意义好是好可是对我却是毫无意义啊，你便宜点，卖给我，等我有了男朋友让他天天带我来你这里买衣服，你看如何？"

雾色青桐

叶碧含又一次揪扯我的衣服，我只能从后面朝她摆手，让她不要再插手，安静地听我讲价。

老板："你这小丫头真会说，你想多少钱买？"

我上前摸了摸衣服的面料，装作很懂的样子："老板，我家以前就是开服装店的，你这衣服最多一百五，你卖五百实在是差太多了。"

老板尴尬地一笑，似乎想把我从他的店里赶出去："一百五我都进不回来，不可能，你要是诚心想买，我三百五卖给你，这是最低价。"老板叹了口气，皱着眉头报出了她的底线。

我瞟了一眼旁边的叶碧含，她目瞪口呆地看着我，我从她的目光读出了她此刻不敢相信的表情，朝她一挑眉，让她别说话。

"老板，我是大一新生，没什么钱，我还要在这里待四年，你不妨拉我一个老顾客，做个长期买卖，这次就给我便宜点，以后的衣服我都在这里买，这买卖不就是要做长期的吗？我也知道你们不容易，这样吧，我给你加三十，一百八，成交！"

老板听了以后走到那件白裙子跟前看了好几眼，有点舍不得，但又很想卖，我跟着她也走到了裙子跟前，细细地看了起来："哎哟，这白衣服就是不禁脏，你看你，挂在这里都好久了吧，颜色都灰了……"

那老板一听着急了："这都是浮尘，一洗就掉，没多大问题。"

"人家谁买新衣服要洗啊，洗了再穿说不定又变形了。"

老板更着急了："算了，二百整，你爱要不要。"

"一百八，你卖还是不卖。"

"卖你二百，我就挣你二十块钱，你连二十块都不让我挣了？"

"不让！"

"你这丫头，嘴巴真是毒，算了，就卖给你了，以后一定要多来阿姨家，全当我赞助你了。"

叶碧含的那张嘴，几乎能塞进一颗西瓜，我朝着她得意地使了个眼色："还不掏钱！"

提着衣服刚出了那家店，就看见了惹我伤心的莫西一，以及他旁边的易淡。

原来他们认识，还是朋友。

易淡看见叶碧含也在，表情有些微妙。

莫西一："在门口看你们半天了，讲价的本事不错，有条有理，句句都能说到老板的心上，看来是老江湖了。"

我勉强一笑："人在江湖身不由己，再说又不是你的店，你这话里有话的是什么意思。"

莫西一嘴角微微一斜，掀起一个小小的弧度："没什么意思，只是发自内心地、由衷地，赞美你。"

说罢便潇洒地走了。

跟着他的易淡朝着叶碧含露出一个温柔的笑容："那我们先走了，如果有机会，下次一起出来玩。"如此看来，真的像个彬彬有礼的绅士，只是谁知道他葫芦里卖的是什么药。

两人都走以后，我开始给叶碧含分析易淡这个人："小含，此人印堂发黑，天庭狭窄，一定不是什么好人，我劝你以后见到他还是避而远之，最好绕道而行。"

"哪有你说的那么玄乎，就是额头窄点儿，你就别瞎说了。"

嘀——

手机上进来一条短信：你好，程青桐！恭喜你加入文学社，周六上午八点，请到一号楼111室开会。

"叶碧含，你掐我一下！"

"怎么了？掐你干吗？"叶碧含抢过了手机，"你加入文学社了？不会是发错了吧！"

"可是，这上面明明白白地写了，你好，程青桐！应该不会错，这么说我这些天算是白郁闷了！太好了太好了，我的文学梦要实现了！哈哈哈……"

后来叶碧含和我说：那个时候，几乎整条街都是你的笑声。

后来，我换了白纱裙，拉着叶碧含，K歌烤肉，一直到深夜才回。或许到最后的时候，开心的原因早已不是我可以进文学社，而是那些和好友在一起的时光，肆无忌惮。

周六上午八点，我准时到了开会的地点。坐在了比较靠边的位置，不想太过引人注目。莫西一差不多是等到大家几乎都已到的时候才姗姗来迟，大概这就是老大的特权。

他穿着一件深蓝色的衬衣，黑色的西裤，看起来十分精神，这应该是自大一新生报到以来第一次全体会议，所以穿得比较庄重。他环视了整个会场一圈，最后将目光停在了角落，我和他双目相对，很快他就将目光移开了。

只不过一秒，我的心却忽然狂跳起来，领导就是厉害，总能盯得你心里直发毛。

　　打那以后，我几乎是只要有空就来文学社，莫西一喝茶找书的活儿我一并全包了。

　　"莫社长，请喝茶。"我殷勤地问候。

　　"放那儿吧，谢谢。"他冷淡地回应。

　　"不用谢，多大点事儿。"我继续腆着脸讨好。

　　社团成员捂嘴偷笑。

　　"莫社长，你上次让我找的《傲慢与偏见》我已经从图书馆给你借来了。"我下午提前下课去图书馆把书借了出来。

　　"哦，谢谢。"并没有热度的一声感谢。

　　"不客气不客气，我就是顺便去借的。"

　　社团成员无奈摇头："程青桐，你该不会对老大有意思吧。"

　　下午文学社开完会，大家都走以后，我故意磨蹭留到了最后，我还是想对他将我留在了文学社表示感谢，只是一直都没有机会去说。

　　现在人都走光了，的确是个好时机。

　　他收拾好东西，刚要离开，我见他要走，便急忙叫住他："莫社长！"

　　他诧异地扭头，大概是以为人都已经走了，并没有想到我还在："怎么了？"

　　"那个……"不知为何，好像这声"谢谢"对着他很难说出口。

　　"到底有什么事？"

最终我还是没说出口，用另一件事情搪塞了过去："哦，那个，今天下午学习部的打电话过来说，想和我们一起办个活动呢，他让你有时间给他回个电话。"

他点了点头："这件事情我已经知道了，还有什么事吗？"

我摇摇头。他便自然地转身准备离开，我心里不知为何涌上一阵失落，他走了两三步之后，忽然回头，那一刻我的心情忽地明亮，他说："不过，你能按时提醒我注意的事情，还是值得鼓励。继续加油！"

我朝着他笃定地点了点头，然后挥挥手说了再见。刚刚的那阵失落一扫而光，好像全世界对我的认可都及不上他的一句"继续加油"。这是一种奇妙的感觉，也是我从未有过的感受，为了这样的感受，我竟可以不管不顾他人的眼光和看法，执着而努力地去做自己想做的事，这是自我懂事以来的第一次。

虽然这声谢谢没有说出口，但是我这些天来的积极表现应该足以证明我的真诚和努力。而此时的他，也一定不会后悔他收下了一个这样的成员，于我于他，已经足够。

当我还沉浸在这种略带些甜蜜的感觉中无法自拔时，我的手机又嗡嗡地振动起来了，如我所料，果然是我老妈章女士。

"喂！妈，你就不能让我的耳朵消停一会儿，我在学校……"

我的话还没有说完，那边却传来了陌生人的声音："你好，是程青桐同学吗？你妈妈刚刚骑电动车和我的小轿车不小心碰了一下，你能尽快赶到医院来吗？"

我的脑袋一下就懵了，我印象中的章女士从来都不会出什么差错，这一时之下难免惊慌，但我还是强迫自己定了定神："好，我马上就到。"

情急之下，忘记了问一下伤势如何，只能急匆匆地往前赶。手心里一阵冷汗，希望不严重。

匆匆地赶到病房时医生已经将老妈的腿包扎好了，说是轻微的骨裂，需要在床上静养，按时换药。那个车主已经支付了所有的医疗费用。

也就是说，等我来的时候，事情都已经处理完了。忽然心中有一丝愧疚，每次我犯错误，出状况，她总是第一个出现，而她这次受伤，我却是最后一个到。进了病房，看见她有些虚弱地躺在床上一动不能动，竟第一次觉得她已经有些苍老了。

"妈？"我看见她半眯着眼，想必是没有睡着。

"小桐来了啊，真是，你来干什么，还上着学呢，我和那个车主说不要给你打电话，他非不听，这不是多此一举吗，你看看，这不又让你白跑一趟。"她还是那个喋喋不休的章婉秋，还是那个一说话就根本停不下来的她，只是这一次，我再也不觉得她唠叨。

"你这说的什么话，敢情如果我受了伤，我来了医院，还不能通知你，怕耽误你上班啊！"

"这是两回事，能一样吗！"她虽然说得有些勉强，脸上却满是笑意，心里定是暖的。

"你就在这好好调养几天，我会天天抽时间来给你送饭，来看你的，要是我没空，我也会让小含来看你的，你就安心养着。"我说话的口气没有商量的余地。

她看了看我，微笑着，低着头："不用那么麻烦，你好好学习！"

"既然是意外车祸，那个车主能好心地将你及时送到医院，又将医疗费用结清，还特意打电话通知了我，做到如此仁至义尽，我是你的女儿，我还有什么可推辞的呢。你这传出去，让我怎么做人！"我佯装生气，她才点头说好。

大概是那个时候起，我才真正地明白，她需要我的照顾，需要我的保护，而我，也必须去承担这份责任和爱。

我买了一个保温的饭盒，天天从食堂打饭，然后再送到医院，有时还会回家，特意熬些鸡汤给她送去，她总是婆婆妈妈地念叨，说都是小伤，不必要这样大费周折，可我却觉得，能照顾她，是我最幸福的事情。我将此事告诉了叶碧含，她几乎也是三天两头地往这边跑，我妈常说，生了我一个，又外带了一个。

这天，我拿着饭盒去给老妈送鸡汤，刚要进病房忽然看见一个熟悉的身影，瘦瘦高高的背影，清秀的侧脸。

难道是他？

他朝我这边迎面走来，似乎并没有注意到我，我也朝着他的方向走，他这才看见了我，他有些好奇我为什么在这里，眉头微皱。

"程青桐？你怎么在这里，我们……还真是有缘。"他今天说话的口气破天荒的好，该不会是吃错药了吧。

"哦，我妈妈在这里住院，我是来这里给她送汤的。"也不知道为何，每次见到他我说话的语气就会加快，就连心跳都好似比平时快了两倍。

他低头看了一眼我的汤："那你先把汤送进去，我们到花园里走走。"

我一愣，然后随即又立马转身进了病房，将汤放到桌子上。

"你这孩子今天怎么了，风风火火的……哎，我话还没说完呢……"

没等她念叨完，我已经冲出了病房。

溜达到花园的时候，他一直都没怎么说话，我只能飞速地转动大脑，赶紧想个问题出来："对了，你还没说你怎么跑到医院来了，是生病了吗？"

"不是我，是我母亲生病了，我过来看看她。"

"哦，那……"

他看我支支吾吾，便又解释道："不是什么大病，一直以来，她身体都不是很好，扛不住病，只能总往医院跑，我都已经习惯了。"

"原来是这样。身体不好是需要调理的，短期很难调理过来，需要长期保护，还得加强锻炼。"

他突然停下了步子，眸子看着我，微微一笑，张口似乎想说什么，却没有开口。

我好奇问道："怎么了？我说的不对吗？"

"没有，只是觉得，或许你并不是我想的那种招摇的人，以前错怪你了。"

我有些不好意思地笑笑，装出豁达的样子："其实也不怪你，怪就只能怪我舍友太漂亮了，人又单纯，我只能舍生取义保护她了！"

"这么说，你还挺讲义气。"他不禁失笑。

我扭头看他，觉得他的笑容实在好看："莫学长，你经常来医院吗？这样会很累吧，我妈生病的这些天，我两头地跑，只是几天而已，就觉得有些体力不支了。"

他长出一口气，语气平淡态度温和地说道："只要习惯了，就不会累。上次你截住我送稿子，我是刚刚从医院回来，那会儿心情不好，把你的稿子扔了一地，很抱歉。"他态度诚恳，很难和那天的他联系在一起。

我这才忽然明白为什么那个时候的他看起来那么不友善，原来叶碧含说的是对的。

我们无法分清楚好是不是装的，坏又是不是装的。

"没关系，其实那日我也太冲动，不该那么直接地拦路堵你，还非要你看稿子，如果是我，也会觉得这人是不是有病。"心里忽然满是歉疚，很想安慰他，"其实你不必这么辛苦，你妈妈身边不是还有你爸吗？你也用不着每个星期都来……"

我的话还没有说完，忽然觉得周围的空气有些紧张，他本已舒展下来的眉头又一次紧紧地皱在了一起："时间不早了，我得上去了，一会儿还得赶回学校，就先走了。"莫西一朝我匆匆点了个头，便大步走了。

我愣在原地，看着他远走的背影，有种说不出的孤单。

或许他并不是我想象中的样子，高傲，严肃，不近人情。

或许卸下伪装的他，就是今天这个态度谦和、温文尔雅的样子。

或许平日他总是戴着一个重重的壳，将自己强行包裹起来，就是为了不受到任何伤害。

或许……

今日大概又是某句我不经意间说出的话刺痛了他的某根神经，这人，太敏感了。

宿舍。

我拿着两个花球，在宿舍中央上演着啦啦操表演，并自带配音："A大必胜！A大加油！"

叶碧含直捂着耳朵，满脸嫌弃，就差把我轰出宿舍了："我说程青桐，人家比赛，你去当后勤也就罢了，难道你连啦啦队都要伸一腿过去？"

我将脑袋一昂，鼻尖直指她的额头："叶碧含同学，我此去也是为了你啊，你想想，'各校联谊''运动精英'你能和什么联想在一起。"

叶碧含："程青桐，你又在动什么歪心思？"

我嘿嘿一笑，然后一本正经地坐在她跟前："当然是帅哥了啊，我是去看帅哥打球的，顺便帮你物色一下有没有优质男，到时候好介绍给你啊。"

"帮我物色？介绍给我？少拿我当挡箭牌了，说吧，有什么事情需要我帮忙。"

我白了她一眼，心思被她猜中，也瞒不住了，索性直接就告诉了她："明天上午的课，如果老师点名，就……帮我答个到吧，嘿嘿……"

"我就知道你没有好事儿。"

"就这么说定了啊，我就知道你最好了。"

我是叶碧含的贴身护卫，她是我的答到神器，大学生活在我们俩的相互帮助与关爱之下进行得十分顺利，自从进了文学社，和其他的部门常常联合办活动，所以认识的人也渐渐多了起来，而我的性格也总是很容易和大家打成一片，慢慢地，我对于文学社的感情不再仅仅是热爱，更多的是依赖，像是除了宿舍以外的第二个家。

　　而我对莫西一的认识，也不再拘于表面，通过多次的接触，我一点点地触到了他内心的柔软，发现他并没有像我们想象中那么冷漠，只是常常把自己关在自己的世界中，常常独处，造就了他有些孤僻的性格。

　　次日一早，高校联谊排球赛在排球场上如火如荼地准备着。我校啦啦队的那些身材高挑的美女穿着亮闪闪的衣服，手握花球，脸上不时出现那些笑颜如花的表情，惹得来来回回走动的工作人员不时分心。据说这次的啦啦队都是艺术学院里挑出来的美女，专门为这次比赛准备的啦啦操。

　　而我，穿着一身运动衣，戴着一顶鸭舌帽，身后摆着一箱又一箱的矿泉水，职责是为运动员和工作人员提供饮用水。

　　当我还在关注着对面啦啦队的美女时，眼光不自觉地停在了一个女生身上。她头发最长，弯弯的远山眉下，眼若杏核炯炯有神，此时竟然朝着我的方向走了过来。

　　女孩朝我打招呼："你好，能给我一瓶水吗？"

　　我盯着她看了好一会儿才反应过来她是在问我要水喝，我啪地拍了一下自己的脑门儿，连声抱歉："不好意思走神了，给你水！"我将水递给她，她很俏皮地甩着马尾接过："谢谢。"

　　就连背影都让人有些"流连忘返"。

　　啪——一个响指在我耳边响亮地响了一声。

　　对于这种打断我欣赏美女的行为我深表憎恶："谁啊！"我转头看见一个同样戴着鸭舌帽的男生，正瞪着眼睛看着我怒气冲天的样子："同学，难不成你是同性恋啊！"

"你才是同性恋！"

"哈哈，有意思，给我拿瓶水。"语气轻佻，态度随意，毫无请人帮忙的姿态。

我平日里最痛恨的就是这种吊儿郎当还喜欢随意指使人的小混混，所以便不愿意理他："少爷，你没长手啊？再说，今天有很多外校的学生来，你能不能给学校长点儿脸，少出来丢人。"

在我不停叨叨的片刻，他已经不耐烦地自己从箱子里拿出了水，听到此处，竟将水喷了我一身。

"你你你！你是不是故意的！你是哪个学院哪个班的！"

他用手腕上的护腕擦了擦嘴："不好意思啊同学，我不是故意的，只是你难道看不到我身上穿的队服吗？还问我是哪个学校的……"说罢摇头晃脑地走了。

"我……"

铁齿铜牙程青桐竟栽倒在了一个小混混手里，天妒英才啊！

哨声吹响之后，比赛正式开始。此时正是A大和职业学校的对抗赛，我校的啦啦队扯着嗓子正在给运动员加油，而对方的领队也一直在给他们学校的人助威。

声音越来越大，越来越吵，每次对方得分都会听到那边齐声喊出一个名字"林小筑"。

因为对方声音实在太吵，我这才被对方的队员吸引过去，定睛看了看那个队长。

竟然是刚刚那个小混混！

原来他叫林小筑。

这样的人品都可以当队长。

耳边还不时传来这样的对话。

"小筑好帅啊。"

"那么难的球他都可以接得住，太厉害了！"

我只想说，问世间情为何物，直教人瞎了双眼。

中场休息时，我不得不将水纷纷递给球员，走到他跟前时，他坏坏地笑了笑："你好啊同学。"

我一个白眼儿翻去，对他的微笑置之不理，然而事实上，他笑起来并不难看，只是太欠揍。

比赛终于结束，后勤部的部长请我们到学校门口的饭店吃了饭，喝了一点酒之后觉得脸烧得通红。但是心里却是高兴的，这是我第一次参与后勤部的工作，虽然有点累，但充实开心，最起码见识了我校的排球健将，也算不枉此行。

我一路哼着歌往宿舍走，路过小树林时不经意却看见了两个相拥的人。

天啊！

男生的手臂紧紧地缠绕着女生的腰，女生的胳膊搭在男生的脖子上……

虽不是我，可光看到这一幕就已经让我的脸更烫了。我立即躲到了一棵树的后面，我等良民当然不是想偷看，我只是怕人家情侣看见我不好意思，等到他们不注意我再走就是了。

可好奇心害死猫。

我还是探出头悄悄地看了一眼。

咦，这女的不就是那个啦啦队里的美女吗？

这男的不就是那个没素质的对方队长林小筑吗？

我迅速收回目光，用我这辈子最轻的脚步，准备溜走。

一步……

两步……

三步……

第三步还没有迈出，身后的领子却被人拽住了。

"你是谁？偷看人家，这样不太道德吧。说吧，是不是喜欢我？"依然是傲慢自大的语气。

我本来满心的歉意，可是听他这么一说不自觉地想吐，我用力拍开他的手，拧过头来，强撑着表情："谁喜欢你，我只是路过，别自以为是了。"

"竟然又是你，你今天怎么阴魂不散的，本少爷的心情都被你搅了，你总得想想怎么补偿我吧。"他的表情不再严肃，反而笑了起来。

我立马反驳："我阴魂不散？这里是我的学校，你来我们学校还说我阴魂不散，怕是有些不妥吧。"

"嘴还挺厉害，这样吧，刚刚吃饭没吃饱，我也不知道你们学校哪里的饭好吃，你请我吃一顿饭，就当什么都没发生，以后你有事儿也可以到我们学校来找我，多一个朋友多一条路嘛。"

我想，当时我的眼珠子瞪得就要快出来了，你见过看一下接吻就要请吃饭的吗。

"你这人脸皮也太厚了吧，我没空，现在要回宿舍，没工夫和你耽搁。"说罢我便想走，可这厮反而拽着我胳膊不让走，将我拉了回来，为了我个人的人身安全，我只好暂时答应，"行是行，但今天我有点儿累了，改天怎样？"

他微眯眼睛，思考了一下，爽快地应了下来："行，到时候可别赖账，我会来找你的。"

我长出一口气："那还不把手松开！"

"还会脸红？哈哈。"他笑得肆无忌惮，我便悄悄走到他身后，用力踹了他一脚，一溜烟儿跑了。

"程青桐！你竟然踹我！"

我边跑边扯着嗓子朝他喊："没有啊，我只是脚滑了一下！"

我几乎都可以想象到他当时气急败坏的表情，急得跳脚但又懒得去追我的样子，谁让他坑我的饭钱呢。

林小筑，竟敢跑到我们学校来祸害人。你活该。

回到宿舍之后，叶碧含正在床上敷面膜，我一进屋就摊在了她的床上，往她枕头上一躺就觉得包治百病。

叶碧含用手指肚按着面膜，一副悠闲自在的样子："累了吧，早就说了不要去什么联谊赛了，男生打来打去的，有什么好看，还不如像我一样敷敷面膜看看书，多轻松，多自在。"

我此时还沉浸在对林小筑坑饭这件事情上，并对他耿耿于怀，终究还是没忍住，把这个故事讲给了叶碧含。

"小含，你说为什么那些女生会喜欢这么一个狂妄自大的人啊。她们是没长眼睛吗？"

"萝卜青菜，各有所爱。这关你什么事儿，反正都已经过去了，你不想不就没事儿了吗？"

"叶碧含，你天天什么都不参加，除了上课吃饭美容就是拒绝那些追求者，你不烦啊，为什么不像我一样，多出去玩一玩，也能长长见识。"

"我怕我参加的多了，你就没得干了。"

咯噔，我这心脏还真的落了一个拍没有跳，叶碧含说的对，要是她都参加了，估计我只有喝西北风的份儿了。

她看见我不说话，以为我当了真，拍了一下我的额头："想什么呢！你不会真以为我对那些感兴趣吧！"她摇了摇头继续说，"对了，我今天还帮你去看阿姨了，她好多了，明天就要出院了，你明天去办理出院手续吧。"

"小含，看来我还是真的不能没有你，你就是我的贴心小棉袄啊！"

忙碌的一天终于结束，不过今天一天都没有去文学社，也不知道今天社里都有什么安排，我没有去，莫西一知不知道，他会不会关心我为什么没有去。

思绪忽然乱了起来，也不知何时，他竟这样无孔不入地侵入到我的生活中来，而我却是如此毫无防备地就这么让他闯了进来。

夜已深，夏夜里蝉鸣阵阵，我在床上翻来覆去难以入眠，大概吵醒了下铺的叶碧含。

"青桐，怎么还不睡？"

"你不也没睡？"

我俩同时发出笑声，很轻，轻到只有自己可以听到。

"小含，有那么多人喜欢你，你就没有心动过吗？"

那边是一阵冗长的沉默，伴随着蝉鸣，她的声音温柔如风："心动，该是一件十分美好的事情吧，我不强求这种感觉到来，一切顺其自然，总有一天，会出现一个人，他让我满心欢喜时刻挂念，让我心跳加速不能自拔，我想这种感觉就是心动吧。"

我听着她内心深处的向往，不自觉地嘴角上扬，也终究会有这样一个人，出现在我生命中吧。

之后，我听到了她浅浅的呼吸声，伴随着夏夜里的蝉鸣，揣着这个美好的愿望，心里不禁一片温暖，原来，一切，都是如此美妙。

爱情悄然萌发的时候，你或许并不知道，任他在你心上滋生发芽。

当他落地生根，扎在你心底时，你才发现，拔出他早就为时已晚。

第三章

滚蛋吧，莫西

雾色青桐

大概是因为昨晚想得太多，睡得太晚，所以起床的时候稍微有些头疼。匆匆洗漱之后来不及吃早点，便和叶碧含一同搭上了去医院的公交车。

她总是陪伴在我左右，不论何时，也不论我需不需要。

早上公交车上的人较少，空气还不错，头疼的感觉稍微弱了些。

办完出院手续，我老妈在我耳边不停感叹："这人老了，身体也不听使唤了，就是摔了一跤，都得在医院里住一个多月，不中用了。"

我听着她这话，明显就是在求安慰："老妈，您还这么年轻，貌美如花的，怎么就老了，伤好了又是一大美女啊。"

叶碧含微笑着："阿姨，伤筋动骨一百天，你这伤只是初愈，还需要静养，您这些日子就乖乖在家养着吧，我和青桐会带您定期来复查的。"

往门口走的路上我不停地回头，到了门口后，叶碧含见我一直犹犹豫豫，心下大概猜到了我的心思，便悄悄对我说道："你去吧，我送阿姨回去，放心。"

我心中一暖，点了点头，和我妈交代了几句，便又返回了医院。

我是想去看莫西一的母亲，内心有一个强烈的声音呼喊着让我去看看她。或许我只是想知道关于他更多的故事吧。

轻轻敲门。

"进来。"一个温柔的女声。我心里一惊，心中又觉得不对，这应该不是莫伯母的声音。

见我迟疑，里面发出了走路的动静。

咯吱，门开了。

门口出现一个和我年纪相仿的女孩儿，长发及肩，梳着整齐的刘海儿，眼睛弯弯的像月亮。她看到是一个陌生的女生，眼中流露疑问，我立马向她解释道："你好，我是莫西一的同学，我是来看莫伯母的。"

那女生点头，对我嫣然一笑："请进来吧。"

她的声音很轻柔，和我见过的所有女孩子都不一样，现在这个时代，很少有她这种真正不爱说话、温柔内敛的淑女。

莫伯母直接坐了起来，脸色显得有些苍白："你好，你是小西的同学？"

我有些不好意思地点了点头，说来也怪，平日里什么风浪没见过，反倒是见到他妈妈我有些害羞了："是的，阿姨，我比莫西一低一级，是他的学妹，我叫程青桐。"

莫伯母样子很和蔼，看得出对我也十分热情："原来是这样，小西不爱说话，平时也很少有他的同学来看我，你能来，我真是高兴，希望你们在学校能够相互照应。"

我猛地点点头，看了看那个女生，她一直在旁边拨弄窗台上的花草，然后不时地扭过头看看莫妈妈，生怕她有什么地方不舒服，准备随时帮忙。

我心里虽十分想知道她和莫西一的关系，但是还是忍住没有问，便转头对莫妈妈说道："伯母，如果您不嫌弃的话，我会常来看您的。"

莫妈妈："你这孩子，说的是什么傻话，只要你有空，阿姨怎么会嫌弃。"说完话之后她打了个哈欠，大概是精神不好有些困倦了。

"阿姨，您累了，您好好休息吧，我改天再来看您。"

她笑着点了点头，我扶她躺下之后，她还不忘交代旁边的女生："小柔，帮阿姨送一下青桐。"

"好。"

女生小心翼翼地关上了病房的门，一直将我送到了医院的大门口，因此我们多了很多说话的时间。

我问道："你叫小柔？"

"对，我叫温柔。"

"温柔？"

她点头。

我下意识地多看了她一眼："还真是人如其名。你常常来医院看莫伯母吗？"

她将两只手交织在一起，耷拉在身前，整个人看起来有一种与世隔绝的气质。她淡淡地说："我经常来，莫阿姨是看着我长大的，和我的母亲没什么区别。莫西一和我一起长大，可以说是青梅竹马了。"她说得风轻云淡，像是在讲一句再正常不过的家常话，可是听在我心里，却像是吹起了一阵大风，久久不能平静。

此时的我竟有些羡慕她。

"那……莫伯母的病严重吗？什么时候可以出院？"

"莫阿姨的病不会好了。"她说话时，脸上带着浓浓的哀伤，眼睛里蒙上了一层薄薄的雾气，像是泪水，却迟迟不肯将泪落下。

"为什么？病得很严重吗？"我着急地问道。

"莫阿姨的病是心病，心病是治不好的，只会一点点地将身子拖垮，吃再多的药，住再久的院都没有用。她如此自暴自弃倒也罢了，害得莫西一也只能一天天地劳累。"

我听她说到此处更加好奇起来，便试探性地问道："心病？"

她像是被问到了什么往事，竟满脸的惆怅，陷入了回忆当中："听我妈妈说，莫阿姨和莫叔叔曾是一对十分幸福的恋人，两人从学生时代就已经相爱，谈了很多年的恋爱，最终修成正果，结为连理，日子本来过得十分幸福。可是……谁也想不到，莫叔叔竟会背叛莫阿姨，爱上了别人。"

只觉得心脏被狠狠地揪了一下，那种从青涩年纪中陪你一路走来的恋人，忽然有一天说不爱你了，这种感觉应该会很疼吧。

"后来呢？"

她抬头看了看天，长叹了一口气："后来，莫叔叔要离婚，说不爱莫阿姨。莫阿姨开始不同意，也不相信，闹了很久……乏了，累了，最终还是在离婚协议上签了字。"

"可是，这么久的感情，说不爱就不爱了吗？"

"大人的世界，我们怎么会懂。我只知道当时的西一常常躲起来自己哭，那个时候的他小小的，经常哭得眼泪汪汪，我找到他的时候，他总是怒气冲天地说自己没有哭，甩开袖子就跑，生怕别人再找到他。"

说着说着，她似乎走进了过去的那段时光里，好像很害怕那段日子，但又好像怀念那段时光。

而我的思绪，早就飘到了别处。

作为他们的儿子，原本生活在幸福甜蜜之中的他，那个时候该是绝望而无助的吧，身边再也没有那个可以叫爸爸的人疼他宠他，心里该是疼的吧。

走进地狱不可怕，可怕的是，从天堂坠入地狱，这样的差距，就像是心脏重重地坠落到地上，摔得满地是血，残忍而决绝。

自从医院回来，就连上课都是恍惚的。好不容易熬到了下课，却在楼道被那个叫易淡的家伙拦住。

这些天他上课堵下课拦，几乎叶碧含走到哪儿他跟到哪儿，我三番五次地赶他走都于事无补，此人不是毅力惊人就是脸皮比城墙还厚。

易淡拿着一束花，单膝跪地，将花举在了叶碧含胸前："小含，我是真心的，希望你能给我一个机会，让我证明我是真的爱你！"态度那叫一个虔诚。

我翻了个白眼儿，拉起叶碧含的手，准备绕道而行，可谁知他毫不退让，再一次拦到我俩前面。他几乎是恶狠狠地盯着我，似乎在告诫我不要坏他的好事。

"滚开！"我的耐心被他消磨殆尽，拽着叶碧含往楼下走，他跟在后面一刻不停。

"小含，小含……"一声又一声，叫得那叫一个恶心，可他叫就叫吧，还非要扑腾着往人身上挤，这一挤我急了，顺手就推了他一把，谁叫此人弱不禁风，竟被我推到了楼下。

苍天，这能是我的错吗。

赶到校医院之后，他被医生带进去包扎。

这一推，不仅是成全了他，我和叶碧含不得不一日三次地来校医院探望他。而且我还成了罪人。还好推的时候楼层不高，他摔得并不严重，医生说过几日就好。

没过一会儿，莫西一竟然赶来了。一看到他我有些诧异，但想起上次逛街时碰到了他俩在一起，也就明白了他们是朋友。我刚想上前解释清楚，他那张脸又铁青地拉了下来，根本没给我解释的机会。

莫西一："程青桐，又是你干的好事儿！"

什么叫"又"？

难道我还给他惹过什么麻烦不成。这话我就不愿意听了。虽然这些是我内心的真实写照，但我还是用最好的态度和他道了歉："不好意思啊学长，我真的不是故意的，要不是他一直纠缠，我也不可能会推他，他也就不可能掉下去……"

他满脸无语地摇头，对我不认真的道歉表示不满，假笑一下之后用不冷不热的口气说道："所以，你把他推到楼下，现在他人都已经来了校医院，难道还要让他给你道歉不成？让他说，不好意思，是我让你用手把我推到了楼下，我活该？"

我本没有此意，却被他如此误会，心里如同打破了五味瓶，说不出的滋味。可此刻已经再也说不出多余的话，只是把头埋下，不再出声。

那边传来他的叹息和来来回回的步伐，也没再和我说多余的话。

我和叶碧含打了个招呼之后，便离开了，觉得在这里再多待一秒，都是煎熬。

　　走在回去的路上，越走步子越重，越觉得空气稀薄透不上气来。而我，只有真正难过的时候才不想说话。

　　这个时候，我忽然想起叶碧含曾经和我说过一句话：只有你在乎的人，才能真正地伤害到你。那些对你不重要的人，就算他们对全世界说你的坏话，你都会觉得无所谓。

　　那么是不是在说，我已经在乎莫西一了，而且，是很在乎很在乎。

　　在乎到他的一句话就可以将我击溃。

　　叶碧含回来之后，我急忙拉着她的胳膊，开始滔滔不绝："那个易淡，那个浑蛋，他没什么大问题吧，脑子有没有摔坏！莫西一还有没有发火，有没有再提到我，还让不让我去文学社了？"

　　叶碧含把食指比在嘴巴上，让我别吵吵，她带着满脸的疲惫不耐烦地说："他那个金刚不坏的脑子，好得很，没有摔坏！但是我听莫西一和易淡对话的时候好像听到莫西一因为辩论大赛输了的事情和团委闹得不可开交呢，刚刚就是刚从团委赶过去。谁叫你刚好站在枪口上呢。"

　　我差点晕过去，为什么每次我的运气都那么差，都赶上这个莫大神心情不好的时候触怒他。

　　"唉，自古红颜多磨难，谁叫我长得美呢。"说完这句话，我都有点脸红。

　　"行，你长得美，你是世界上最美的女人。但是程青桐，我必须要问问你，你那么在乎莫西一，是不是有点不对劲儿啊！"

　　我先是一愣，然后又拿出一副满不在乎的样子否认："谁让他是我的上级呢，我的饭碗啊，我的文学梦啊，牵一发而动全身，搞不好他明天就因为这些私事儿把我开除了，我不在乎能行吗？"

叶碧含皱眉，噘着小嘴继续提问："真的只是这样？没有别的？"

我伸出四个手指头："我对天发誓，只是这样而已。"

对，仅此而已，仅此而已，仅此而已。重要的事情说三遍。

近几日上课的时候，脑海中总能出现莫西一那张严肃吃瘪的脸，只要一想到他，我整个人都不好了，用叶碧含的话来说就是：程青桐，你又犯了相思病了？

为了躲开叶碧含这双总能看穿我的眼睛，也为了能让我的大脑得到片刻的安宁，我索性翘掉了这周的课，安安心心地宅在宿舍，也好抚慰一下我受伤的心。

最终，我决定用网络麻痹自己。下课铃一响，拒绝了所有的吃饭K歌邀请，径直走进了超市。方便面、火腿肠、薯片、果冻、酸奶，凡是我能想起来的，全部塞进了我的购物车里，面对众人异样的眼光，我全部怒瞪回去。要不是钱包不满，这超市我也得给它搬到宿舍去。

结完账，超市阿姨找了我一把零钱，藐视了众人异样的目光，我散漫地走在回宿舍的路上。脑海里还是不时地蹦出莫西一的身影，估计我中邪了，回去玩玩游戏就好了，网瘾少女总是不需要男人的！有了这些吃的，大概两天都不用再出门，为了更好更称职地做一名网瘾少女，我程青桐要和外界说拜拜，要和你莫西一说再见。

我搜索了一下，最近最火的游戏是《英雄联盟》！

学校的网络出奇得好，为我打游戏奠定了良好的基础。

选了一个网通最拥挤的大区"德玛西亚"正在登录中……居然没进去还要排队……

在打游戏这个事情上，普遍道理上来说，男孩子总是要比女孩子强得多，我发现《英雄联盟》里有一个不寻常的风气，带妹子！玩游戏的男人们总是渴望用自己高超的技艺和炫酷的操作博得众多妹子的青睐，只是不知道这些妹子到底是真妹子还是伪妹子了。

等了半天终于排好队了，随手取了一个网名"我是女侠"，就开始进入新手训练了。不过新手训练对于我来说基本就是小菜一碟。

我随手抓了一把桌上的薯片，看着读取界面上这些奇奇怪怪的英雄和各种古怪的队友昵称——这人居然叫什么"小菜一碟"，还有一个叫什么"我爸爸竟然"，这是什么鬼名字啊？

打开了装备栏，稀奇古怪的装备满满一箩筐，直接进行装备，再带上五瓶小红药，上阵杀敌！

关了那个装备商店的窗口，突然有个女人说了一句："全军出击！"玩个游戏这么激进？我望望四周，才发现我的队友们都已经不见了。这个英雄走起路来笨笨的，好像叫什么德玛西亚，不过提着一把大剑还是蛮酷的，我观察了一下小地图，貌似其他地方都有人了，只有最上面那个岔路是空的，我去那好了。

我还没走到两军交界处，突然有句叽里咕噜的英文，屏幕上写了一行字"我爸爸竟然"拿到了第一滴血……怪不得这人要起这样的名字，原来是用来占便宜的。

认真地在线上补了十几分钟的小兵啰，我终于有钱回泉水里出装备，而且还升到了6级，有了大招必杀技！做新手任务的时候我就看到这个酷炫的大招了，我整个人都被放大招时候震撼的屏幕威慑到了，边用技能还要边喊"德玛西亚"，有一种力拔山兮气盖世的霸气感！

待我买好装备到线上打了对面蠢萌电脑好多血，准备放大招收人头的时刻，突然在我身边绕过来一个身影，"一库一库"两下就抢走了我的人头（杀一次人记一次数，游戏玩家通常称之为一个人头，简单粗暴的叫法）。

我满心不悦，但是我秉着和平至上的原则没说话，默默地忍下了被抢人头的愤怒。可是在接下来的十几分钟内，这个戴着眼罩"一库一库"的人接连着抢了我五六个人头，是可忍孰不可忍，我程女侠是这么好惹的吗？我知道这个"一库一库"是在野区里打野怪的，我就跟着他，准备用我的大招抢他的增益BUFF（某一角色增加一种可以增强自身能力的魔法），可是突然发现这个英雄的大招居然！居然不能对野怪释放！这个设计不合逻辑啊！就在我抱怨游戏缺憾的时候，对话框里突然闪出几个字：

小菜一碟：那个女侠，你是女的吗？你蹲在那多久了，你一个德玛你蹲在草丛里抢我蓝BUFF（某一角色增加一种可以增强自身能力的魔法）也没什么用啊！

小菜一碟：你怎么不说话？是不是第一次玩不知道怎么打字啊？

小菜一碟：女侠？按回车就能打字啦！

终于我爆发了：

我是女侠：你以为人人都和你一样是白痴吗？我会打字的时候你还在玩泥巴呢！

小菜一碟：原来你会说话啊！你是女的吗？我们交个朋友吧，哥哥带你飞！

我是女侠：姐姐不用！

终于对面的水晶爆炸了，我女侠大人又维护了地球的和平！在那期间，那个"一库一库"打了好多字，我都没理他，只是认真玩我自己的，觉得这个游戏这么火爆受追捧还真是有原因的。退出那把比赛后，我突然听到一声响，原来是有人要加我好友，我还没看清楚，手一滑就加上了。再仔细一看，居然是那个"一库一库"！这人抢我人头、嘲笑我还要加我好友，是不是心理扭曲？刚同意了好友申请就看到他跟我说话的对话框闪了起来：

小菜一碟：女侠一起玩啊？我带你玩，身为女侠就要为人豪爽不拘小节的！

我是女侠：那你发誓别抢我人头，我满腔的怨气无处发泄才玩游戏，你还抢我人头！

小菜一碟：好的女侠，小的发誓，我们开黑玩吧！方便交流的！我邀请你！

我同意了他的开黑请求（一种游戏内置语音软件），突然听到他那边放着我好熟悉的广播声，再一问原来这个"一库一库"居然是我的校友！后来了解到他真名叫蔡其航，游戏打得一流好，即使我刚接触《英雄联盟》，他都能带着我拿下众多人头，给我无与伦比的优越感，是纯粹地带我飞啊！

游戏果然可以让人的精神得到放松，这一天紧张的战斗下来，我哪还有那些闲工夫去想那些儿女情长，组团打仗才是关键。

雾色青桐

游戏刚进行了一半，电话忽然响了，宿舍里没有别人，而我一时又腾不开手，索性就让它一直响着，等到我的游戏结束了，电话还在一个劲儿地响，我这才接了起来。

"喂？你是哪位？"其实我是真的发自内心地佩服来电话这个人，可以这么锲而不舍地打半个小时。

"好久不见啊程青桐，我的声音还能听出来吗？你可别忘了，你还欠我一顿饭呢！"

听到"一顿饭"这三个字，我脑袋闪过了一个人的名字：林小筑。

"哦……原来是那个在小树林里和人偷偷接吻的自大狂啊！稀客稀客，找我有何贵干啊？"

电话那头扑哧一声笑了："程青桐，你还别说，我就喜欢你这厉害的嘴皮子。"

"你打电话到底什么事儿啊，别告诉我你有受虐症，只是想听我损你几句。"

"那倒不是，小爷我还没有那么闲，我们学校文艺部在山上办篝火晚会，你那么爱热闹，不来岂不是亏了？周六晚上，你来不来？"

要是放在从前，我肯定二话不说就答应了，可是如今我的好队友蔡其航每天都等着我和他玩游戏呢，我总不能为了篝火晚会就背信弃义吧，再说，这个林小筑狂妄自大，见他一面得少活十年，还是不去的好。

"周六不行啊，这周我得回家，带我妈去医院复查的，前些日子她腿受伤了，你好好玩，我就不去了。"说完，哐当把电话挂了。

第二天一早。

我还没醒，电话就响了起来。叶碧含睡眼惺忪地下去接电话，然后朝着我气若游丝地叫了几声："青桐，青桐，电话！找你的！"将电话递给我之后还不停地嘀咕着："这谁啊这么早打电话来，还让不让人好好睡觉了……"

我清了清嗓子，半眯着眼睛："谁啊……"

电话那边："程青桐，还睡觉呢？我都已经起来晨跑了，早睡早起锻炼身体啊！"

我长出一口气，差点连气都背过去："林小筑，你是不是有病，现在才五点，你跑步就跑步，不用和我报备！再见！"咣当，再次把电话挂断。

简直就是阴魂不散。

接下来又是几天的游戏人生，说起来，自从易淡那件事情之后，我也好久都没有去文学社了。而我刻意忽略不去想起的莫西一也一点点地淡出了我的视线，这就是我要的结果，可心里为什么总是觉得空荡荡的。

丁零零——

电话又响了。

"程青桐，如果今天晚上你不来陪我参加篝火晚会，以后我每天早上给你打电话，到时候可别怪我没和你说！"

"我说林小筑，你这人怎么就这么不讲道理呢，你学校那么远，天那么黑，我去了怎么回来啊，况且……"

"程小姐，我专车接送，保证安全。"

"也是，最危险的就是你，还有什么好担心的，算了算了，告诉我地址，我到时候去找你。"

我从来没见过这么"请"人参加活动的，天天电话轰炸，不管白天晚上，我这宿舍里的电话就没有消停过，简直没有人性。为了保障我之后的睡眠，我还是勉强答应他吧。

篝火晚会那天，林小筑笑得特别开心，围着篝火给我唱了歌，很久没有吹风，竟忽然觉得夏天的风变凉了，大概是秋天快要到了，心情不由得清爽起来。看着这么多陌生面孔，这么多的笑脸，嘴角也在不自觉地上扬。

原来，生活从来没有停下步伐。

只是我一时间迷失了方向。

从那以后，我和林小筑渐渐熟络起来，我常常叫他小猪，他虽总是龇牙咧嘴地拒绝，但也拿我没有办法。

文学社那里好久都没有去，估计快要把我拉进黑名单了，或许是我想太多，压根儿就没有人注意到我最近有没有去。上次害易淡受伤，其实也属于意外，按说我也不该因为此事一直躲着莫西一，可是心底的那个声音一直告诉我，不要见他，不能见他。以至于现在我在宿舍待得都要发霉了。

我打开游戏，上了账号，看见我的小伙伴蔡其航也在线。

我点开了对话框："今天你们没有课吗？"

那边几乎是秒回了我："有，高数课，太难了，听得心烦，预计听了以后会少活两年，为了长生不老，我就跷课了。"

呵，这人说话有意思，我也好似找到了志同道合之人，只不过我跷课不是因为课难，而是因为心烦。

他见我一直不回消息，便又发来一条："你不也没去上课吗？女孩子跷课不好的。"

"我晕，大哥，跷课还分男女？"

"女生跷课，男生是会伤心的。"

噗，我吐了一大口血："那是你们理科女生少，像我们这样的文科班，女生多的是，少一两个长得丑的根本没人发现。"

"哈哈……走吧，玩会儿？"

"走起。"

经过一上午的厮杀，眼睛有些酸疼，肚子也一直咕咕地叫，拼命地向我抗议。我便顺手打了一行字给蔡其航，就像是发给十多年的老友一样。

"小菜一碟，我饿了，中午请我吃顿饭吧，困在宿舍好些天，好久都没有见活人了！"

"女侠够主动的啊，果然行走江湖的就是豪爽，没问题，你想吃什么？"

大概是和蔡其航十分投缘的缘故，我和他说话一直都十分直接，所以女汉子的气质暴露无遗。

"那就后街见吧。"

"187****5802，我的电话，到了以后你打电话给我。"

"好。"

我到了后街以后，就看见一个穿着格子衬衣的人来回张望着，双手插在裤兜里，眼睛看着四周，似乎生怕错过一个来往的人。

那是我第一次见蔡其航，头发短短的，看起来很精神，一双圆圆的眼睛十分有神，皮肤是很健康的小麦色，我走到了他跟前，他立马咧开嘴就笑了，阳光下，一口洁白的牙齿在他皮肤的映衬下显得更白亮了。

"女侠？"

"小菜！"

从一见面到走到饭店，我俩几乎一直都在喋喋不休地说话，有种相见恨晚的感觉。

"女侠，你爱吃什么随便点，今天这顿我来请。"

今天刚一出宿舍我就有种重见天日的感觉，而且见网友这种事我还是第一次尝试，觉得特别新鲜，所以心情特别的好。

"蔡其航，其实我是刚开始玩游戏，但是我每次上线总能看见你，你难不成是蜘蛛天天都挂在网上吗？"

他听到我这么问，低下了头，闷不出声，端起桌边的茶杯，一口闷了下去："还能有什么事儿，当然是因为女朋友了。我蔡其航从来都不为任何事情烦恼过，除了她贺欢欢。"

"说吧，怎么回事儿，虽然本女侠没有谈过恋爱，但是女生的心思我还是懂的。"安慰人的时候，我也习惯直入主题，也没和他怎么拐弯抹角。

好在他也不是那种别扭的人，反倒像是遇到救星一般，又喝了口水，似乎准备一吐为快。

"其实也不是特别大的事儿，就是她前两天不是过生日嘛，我为这事儿都愁白了头，想了很久也不知道该给她送什么礼物。正好她说她电脑的键盘坏了，我这不就想正好给她换个新的好了，就包装起来当成礼物送她了。"

我满头冒金星："蔡其航，你打游戏那么厉害，怎么对付女朋友这么没招，生日礼物你送键盘，你是想要她打游戏啊，亏你想得出来。"

他愣了，顿了一下，表情十分夸张："那个键盘特好，特贵，可谁知道第二天她把键盘原封不动地又还给我了，还让我和电脑过一辈子去吧，你说，我有错吗？"

"我问一句，贺欢欢是那种很喜欢打游戏的女生吗？"

"不是啊，她比较讨厌玩游戏，而且特别讨厌我玩。"

"这就对了，你送的东西是你喜欢的，又不是她喜欢的，她怎么能高兴呢。"

"但是她电脑键盘坏了啊，我帮她买还不对吗？"

"对是对，但你不能当成生日礼物送啊……你是不是脑袋被驴踢了，你这情商也太低了。前途堪忧啊！我现在一点都不同情你了，我特同情你女朋友，怎么找了个这么没脑子的对象啊！"

话音刚落，他绕了两下拳头，貌似是想动武，这个时候服务员刚好上菜，一个假动作差点没把菜呼到地上。

他连连和服务员道歉，我在一边说着风凉话："啧啧啧，除了情商，你这智商也得往上提一提了。"

那个中午他说了很多他和贺欢欢的故事，从他们懵懂相恋，到牵手热恋，再到后来的一些生活琐碎，虽然听起来平平淡淡，却依然掩饰不住他脸上的甜蜜。看得出来，他们很相爱。

虽然蔡其航不懂浪漫，但是他却是真心地爱着她的。比那些只懂用些花花手段，却从不用心的人强出百倍。

林小筑和蔡其航的出现，让我的生活多了不少色彩，莫西一正在一点点地淡出我的视线，终于不再烦心。

晚上叶碧含提醒我，说我老妈该做复查了。

"叶碧含，你简直是我的贴心小管家，要不是你，我估计早就废了。"

"你明天有空去吗？没空的话我陪阿姨去。"

"我当然有空，倒是你，天天去看那个易淡，要没空也是你没空吧。"

叶碧含怒了，双手叉腰站在我跟前，活像一个被怨妇附体的少女："程青桐，是谁失手把人推下去的，你天天篝火晚会打游戏见网友不去看也就罢了，我也能啥也不管吗？"

我一下子就蔫了，在她跟前我是发不出什么火来："行了大小姐，我知道错了，改天请你吃饭补偿你，我错了还不行吗。"

她接受了我诚恳的道歉之后心满意足地爬床去睡觉了。

我看时间还不算晚，猜测着我家章女士应该还没有睡觉，便给她打了电话。

电话很快就被她接了起来，没等我说话她老人家又开始机关枪似的说个不停："青桐啊，怎么这么晚还不睡觉，老熬夜不好，你没见咱们邻居家那个女儿吗，和你一样大，也是每天晚上看手机不睡觉，这下好了，眼睛都看坏了……"

叶碧含隔着老远就听见章女士在电话里面像个大喇叭一样扯着嗓子喊，面带惊恐，我冲她做了个无奈的表情，厉声打断了她："妈！我打电话是有正事儿，再说现在刚刚九点，这么早睡也得能睡得着啊！"

她一听，声音断了一拍，仅仅只有一拍，便又接上继续说："你能有什么正事儿？"

"我是想和您说，明天该去复查了，医生说了第一次复查很重要，必须得去，我明儿一早就回去找你，你在家等我啊，就这样，拜。"

我还没等她回话，就把电话挂了，但我还是听到有人说："这孩子，越来越没礼貌了。"

有那么一瞬间我以为是真的见鬼了，紧接着叶碧含咯咯地笑了，我抡起枕头朝她一砸。

"哈哈……"

有那么一瞬间，我觉得，我的生活又恢复了往昔，没有任何变化，也没有出现过任何人，一如既往。

可一切变化太快，我来不及准备，也来不及反应。

我陪老妈做完复查，医生说一切顺利，只要平时不干苦力活，再有一个月就差不多好了。老妈十分高兴，我也顺便打趣了她几句。

"章女士，我近来天天医院学校又是家这样来回跑，好累的。"演戏演全套，我顺便捶了捶自己的肩膀。

她一看便知我这葫芦里卖的是什么药："好好好，我知道了，你不就是想吃排骨了吗，一会儿回去我就帮你做，今天一大早我就出去买回来了。"

我冲着老妈灿烂一笑，她眼睛里全是宠溺。

阳光明媚，岁月安好，这便是我的幸福。

从医院正门走出来，路过小花园，想起了那日我与莫西一为数不多的心平气和的聊天，便多看了两眼。

这一看，还真的看到了他。依旧是一件白色的衬衣，一条黑色的休闲裤，好像刚刚理过发，显得格外精神。而他的身边，多了一张温柔的面孔。

正是那日我悄悄去看望莫伯母时在她身边的那个女生。她看上去比之前更加温婉动人，及肩的长发柔顺地垂到肩膀上，鹅黄色的公主裙穿在她身上再合适不过。

他不时地扭头看她，嘴里念叨着不知在说些什么。她总是嫣然一笑，脸颊绯红，惹人爱怜。远远望去，多么赏心悦目的画面，王子和公主，也不过如此。能配得上他的，也就只有这样的女生了吧。况且，人家是青梅竹马。

心里的失落像是一个无底的黑洞，这些天来刻意的躲避，刻意的逃离，似乎在见到他的那一刻全部土崩瓦解，而我心烦意乱的这些天，于他而言，不过是几个普通的日子。

"小桐？你看什么呢？"

最后还是老妈的声音把我拽回了现实，我摇摇头，无所谓地说："没什么，看见了帅哥和美女，忍不住多看两眼。"

"你这孩子。"

"妈，你生我的时候也不说把我生得好看些，这样我就不用天天在大街上看见帅哥美女就盯着不放了，回家照镜子就行！"

"嘿！谁说你长得不好看了，我跟你说，刚生下你算命的就和我说了，你是七仙女投胎转世……"

话匣子又打开了。

本以为生活已经恢复了原状，可生活总是那么不尽如人意，而我这种道行浅显的人，应付起来实在无法做到心如止水，游刃有余。

情景一。

晚自习时我去图书馆借书，刚找到书，优哉游哉地坐下之后，一抬头，看见了莫西一。果真是冤家路窄。我定了定神，把头埋在书里，偷瞟到他并没有注意到是我坐在了他对面，便缓缓起身准备逃离。就在我马上成功转身离开的那一刻，啪——椅子倒了。周围几乎所有人都被这声巨响吸引了过来，当然，还有他——莫西一。我们四目相对，尴尬到哭。我若无其事地迅速扶起椅子，转身就逃。

情景二。

周末推车逛超市，准备买好储备干粮，回去找蔡其航打游戏，刚塞了半车，优哉游哉地走着，就看见莫西一竟然也在逛超市！

我不停地劝说自己，他只是个普通人，不要多想。

他一步步地朝着我的这个方向靠近，我进也不是，退也不是，索性推着车大步走了出去，和他迎面碰上。他看见了我，礼貌地朝我打了招呼："这么巧，最近怎么……"

他的话还没有说完，我便径直路过了他，去收银台结账了。我走过时，几乎是目不斜视，并没有看他。

而我的余光，从他身上掠过时，可以感受到他满脸的疑惑。

后来，我一直在想他刚刚问的问题。

他是会问，这么巧，最近怎么不来文学社？

还是，这么巧，最近怎么总是能碰到你呢？

后来有诸多的巧合，我都巧妙地躲了开来，这大概是让我生活归于平静唯一的办法了。

第四章
爱是倾其所有，唯愿深情不负

雾色青桐

下课后，叶碧含一直支支吾吾地不说话，我越看越不对劲："小含，你今天怎么了？怎么扭扭捏捏的？"

她见我发现了异状，便不再遮掩："易淡出事儿都好些天了，最近好得差不多了。你说，我们是不是应该请他吃个饭，就当赔礼道歉了，不然我心里总觉得欠着他什么……"

我看着她欲说还休的样子，不禁失笑："就这事儿？"

叶碧含见我没有强烈的反应，立马放松下来："就这事儿。"

"我还以为你是有什么天大的事情不敢告诉我呢，就这么点小事儿有什么难的，当初虽然是他的不对，但确实是我把他推了下去，赔礼道歉也算是应该的。"

叶碧含犹豫了一下，继续说道："之前你对易淡的意见那么大，而且……而且莫西一当时的态度确实……所以，我觉得你应该不想去。"

"为什么不想去，不是都过去了吗，况且莫西一当时说什么我都忘了，无所谓的。"

直到遇见了莫西一，我才真正知道了什么叫——口不对心。

"那我把时间地点定了以后告诉你啊，到时候可别当逃兵。"

我眉毛一挑："笑话，我什么时候当过逃兵，更何况把你一个人留下和他单独相处，我怎么能放心。"

我和叶碧含约好了六点在学校北门的阿兰餐厅见面。我从图书馆出来的时候已经六点了，赶到的时候晚了十分钟，从饭店的窗户上看见了已经在等我的叶碧含和易淡，隐约看见易淡的那边还坐着一个人，具体是谁被挡住了，看不太清楚。

我就那么大大咧咧地走了进去，连蹦带跳，朝着叶碧含招了个手，嗓门儿贼大地说了声："来晚了来晚了，学习太投入，没看时间……"

视线一滑，停到了一个坐得笔挺的男生身上，我先是一愣，然后又扭头看了叶碧含一眼，我用眼睛对她提了十万个为什么。

怎么他也在这里，不是就请易淡吃饭吗，和他莫西一有什么关系。

叶碧含一直和我都是心有灵犀一点通的，可今天这厮简直就是个呆子，呆子中的战斗呆。

"青桐，你眼睛怎么了，进了沙子吗？"

我真想上去把她扔出去。

"啊……眼睛有点难受，你们点菜了吗？实在不好意思，久等了。"

坐在这个大神对面，我实在是坐立难安，易淡一直在和小含说话，我和莫西一尴尬不已，不，他尴不尴尬我不知道，我只知道我要尴尬到地缝儿里了。

我俩磁场实在是太不合。

他一定是天生克我。

为了掩饰我的尴尬，我伸手去拿叶碧含那边的茶水。

"还在为上次的事情生气？"莫西一的声音。

我就在他说话的瞬间拿茶壶的手被烫了一下，一屁股坐到了座位上，差点闪了腰。

"哎哟——"

这下好了，场子终于不冷了，所有人都开始看我。

"喝水说一声就好了，我来帮你倒，别着急啊，你就是性格太着急了。"易淡的话看似是在安慰我，但实际上话里都是刺儿，听得我是浑身不舒服。

而莫西一刚刚那句"还在为上次的事情生气"就这样被打断了。可能他们都没有听到这句话，但是我却听得十分清楚，包括现在都在耳边一遍遍地回响似的。

叶碧含目光有些异样地看了我一眼，大约是察觉出了我今天有些不对劲。我眼光闪躲，故意不去看她，她便没有多问。

直到服务员来，才算化解了当时的尴尬。

"您好，请问几位可以点餐了吗？"

"可以！"

服务员被我响亮的嗓门儿逗乐，嘴角露出笑意，我接过菜单，用菜单遮住了我大半个脸。

我点完之后，把菜单递给了叶碧含。这家伙倒是礼貌地拒绝了我："易淡你先点吧，我最后再点。"

易淡受宠若惊："不用不用，女士优先嘛。"嘴上说着，叶碧含还是将菜单塞在了他手里。他不好意思地笑了笑，点完之后递给了莫西一。

他们这谦让来谦让去的，倒显得我是那个最没礼貌的。坐在那里简直是如坐针毡。

菜上全后，叶碧含端起了茶杯，以茶代酒，敬了易淡一杯："不打不相识，上次的事情实在对不住，我们也不是故意的。"

易淡心里估计乐开了花："如果摔这么一跤可以认识你，我早就摔了。

特值，我还得谢谢程青桐呢，要不是她，估计也没有今天这顿饭了。"

我含糊着："不用谢我，这都是你自己努力的结果。我就是一催化剂，加快了化学反应而已。"

这个时候，莫西一开口说话了，而且那目光直勾勾地看着我，很明显，是冲我来的，我看他也不是，不看他也不是，两个手攥在一起不知该放在何处才好。

莫西一眼神温柔，声音淡淡的，清晰透亮："那天我说话有点重，很抱歉。"

他平日里高傲严肃，突然来了个三百六十度大转变，我这个小心脏一时之间还有些接受不了，呆呆地愣住了，叶碧含用胳膊肘推了我一下，我这才反应过来。

"哦。那都不是事儿，我早忘了，那个，我先出去一下，你们先吃。"我借故上厕所离开，叶碧含也跟了过来。

她一脸奸笑，直入主题："程青桐，你是不是喜欢莫西一？说实话。"

我扭头看她，她这么直接地问，倒是让我不好糊弄过去，只好老老实实地告诉她："好像是，只要一见到他，我整个人就渺小得不得了，在他跟前我就像一个小矮人，得时刻仰视着他。但……我还特别虐心地……总是想起他……"声音越来越小，越来越弱。

叶碧含点点头，特别笃定地说道："这已经很明显了，你已经病入膏肓，喜欢上他了。"

"小含，那我该怎么办！他压根儿就没有正眼看过我啊，何况，我给他的印象，怕是已经遭到了无法挽回的地步了。"

"那你忍心就这么放弃，让他走掉吗？"

"当然……不要啊。"

雾色青桐

"那就追！"

那就追。

说起来多么轻松的三个字，可是当主人公换成是我，做起来比登天还难。

终于熬到了结尾，要散场了。易淡伸手想拉住叶碧含，我一挡把他的手卡在了半空中，又顺口和叶碧含唠起了嗑，整个动作流畅连贯没有任何瑕疵。而我不经意回头的时候，却看见了莫西一偷偷笑的表情。

只不过是一个浅到几乎看不出来的微笑，我竟会觉得今晚这顿饭并没有白吃。

那么，爱一个人，是不是就是，看到他在笑，就知足。

于是易淡尴尬地和我们说再见，我拉着叶碧含的胳膊回了宿舍。

中午心里烦躁得很，便上了游戏，想发泄一下。看见蔡其航在线，便顺口和他提起了莫西一。

我是女侠：小菜，快和姐说说，如果暗恋上了一个人怎么办？

小菜一碟：哦？女侠也坠入情网了？可是我上次见你，你还说你没有男朋友呢。

我是女侠：大哥，我现在也没有，我只是有了暗恋的对象！

我身后忽然探过一个头，是叶碧含，她看了我和"小菜一碟"的谈话之后，咔嚓咬了一口苹果，不咸不淡地来了一句："你那还叫暗恋？全世界认识你的人都能看出你喜欢莫西一，你这暗恋太明显了。"

我扭头瞪她，她识趣地走开，我继续和蔡其航做咨询工作。

他几乎是又把他努力追女朋友的故事给我讲了一遍，告诉我机会不能等，一等就一去不复返了云云。

我借口说有事，便下线离开了。

最终还是没有鼓起勇气。

学生会主席啊！

文学社社长啊！

而且我还有温柔那么强劲的情敌，让我如何下手是好……

白天还好，一到了晚上我就像被打了鸡血一样，翻来覆去睡不着，满脑子全部都是莫西一那张出众的脸。

通常情况下，叶碧含和我说话都一定要叫我三遍我才能有反应。

"小含！我感觉我中毒了。"

"你拉倒吧，我觉得你都病入膏肓了……"

……

过了三分钟。

"小含！你说莫西一如果不穿黑色和白色的衣服，穿鲜亮一点会不会好看啊！"

"不知道，没看过……"

"这还用看，我莫社长已经不能用好看来形容，当然是帅到爆炸，爆表，极致……"

天空中一片乌鸦飞过。

大概是叶碧含担心我在学校憋出病来，周末的时候一个劲儿地催着我回家散散心。

于是我拉着她和我一同回了家。有福同享，有难同当。

刚走到家门口，就闻见一阵排骨的香味。叶碧含兴高采烈地进去给我妈帮忙，反倒是我，往家里的沙发上一窝，便开始发呆。

"嘿，到了家也不知道去厨房帮忙，反倒是让小含去忙活，赶紧洗手拿碗筷去！"

"哦。"

老妈大概是被我顺从的小绵羊的态度惊住了，奇怪地看了一眼叶碧含。

叶碧含含糊地盖了过去："阿姨，别理她，我帮您拿去。"

吃饭时一直都是她俩你一言我一语上演母女情深，我反而是多出来的那个。

"妈！"

我一直像一个僵尸一样扒拉着碗里的米饭，一语不发，忽然叫了一声妈，打断了这两人的谈话。

"吓死我了，你这孩子说话也不提前打个招呼，咋咋呼呼的是和谁学的！"

她话音刚落，叶碧含扑哧一声笑了出来。

我把米饭吞了进去，一本正经道："妈，锅里还有排骨吗？"

"多着呢，放心，慢慢吃。"

"那个……不用，我吃饱了，我就是想，带点到学校去，慢慢吃……"

回去的路上，我一直都抱着那个饭盒，捧在手心里，叶碧含盯着我的饭盒看了好多次。

我看她每次想问都忍住了，等不到她提问，我已经憋不住了："这排骨我是准备带给莫西一的，他妈妈长年生病，肯定是做不来这么好吃的排骨，我想他应该好久都没有吃过家常菜了，所以才自作主张，想带给他的。"

见我一口气说了出来，小含也不再遮遮掩掩："程青桐，你去表白吧，既然你真的这么喜欢他，你就应该让他知道，不管他能不能接受，他都有知道的权利。"

虽然这排骨是拿给他的，但是我把它带回宿舍之后，始终都没有勇气送出去。

不过是一份家常菜，他会接受吗？

说不定他根本不会接受，反而还得数落我一顿。

我不过是一个平凡到不能再平凡的女孩，他会喜欢吗？

想比起温柔，我更是微不足道了吧。

我抱着那盒排骨，几乎在床上坐了一夜，第二天眼袋大得吓人，黑眼圈堪比国宝。叶碧含看见我的时候正在打哈欠，看完我之后，嘴差点合不上。

我跳下床，深吸一口气："我决定了，明天就和莫西一表白。我查过他的课表了，他明天上午没课。"

叶碧含呆住，想必还没反应过来我刚刚说的话，她低头看了看我的饭盒，里面的排骨早就空空如也。

很明显，昨天晚上思虑过度，用脑严重，饿了，然后，被我吃了。

她这才点点头，在我跟前来回踱步："有潜力，我看好你，你放心，我站在你身后支持你。哪怕被当场拒绝，我的肩膀你随时靠。"

"我呸！说什么不吉利的话，还没有开始你就想到了拒绝，你能不能给点力了！"

叶碧含连连道歉："我错了我错了。您需要我帮你做什么吗？尽管说！"

"表白的事情不用你们操心，但是，我需要你们把他约到操场上，因为……我不确定我能把他约出来。"我有些不好意思地摸了摸脑门儿，要表白了，连表白对象都约不出来，确实是有点丢人。

叶碧含拍拍胸脯："这事儿好说，我交给易淡，他肯定能办妥，办不妥就绝交。"

之后，我又给蔡其航打了电话。他一听我要表白，简直比我还要激动，吵吵着要来给我鼓劲儿加油，让我安心备战。

也是因为有这么多人的鼓励，我才下定了决心，不做缩头乌龟，要将自己的心思，清楚明白地告诉他。

事情就这样被我安排下去，今天从一早开始心就一直在嗓子眼儿提着，从小到大，从来没有为一件事情如此认真过，也从来没有这么紧张过。

莫西一，你会不会知道，这个世界上，曾有一个人因你难眠。

莫西一，你会不会知道，因你的存在，曾让一个人满怀希望。

后来易淡和我说起那天的情况，他告诉我当天他是假约莫西一去操场打球才把他骗过去的，当时莫西一丝毫没有察觉，那天我要表白。

连续失眠两个晚上之后，还是早早地下床，用凉水洗了脸，让自己清醒了些。穿上了叶碧含买给我的白色纱裙，化了淡淡的妆，带着满肚子的话，到操场等着他，我亲爱的，莫西一。

约好的时间是九点，我早到了半个小时，操场上很多跑步锻炼的人，我心里越发紧张。如果被拒绝，该是多么丢人窘迫的事情。

我虽带着满肚子的话来，却从来没有想过结果。好像被拒绝是意料之中的事情，即便我想再多，也没有别的可能，干脆不去想，还能洒脱些。

太阳明晃晃地又往西偏了一个角度，九点一刻。

两个身影出现在我的视线中，穿白色运动服的是莫西一，灰色的是易淡。

易淡背着莫西一朝我招了招手，我心领神会，紧接着看见了叶碧含和蔡其航他们都来了。

我眼中跳动的点，渐渐凝聚，只剩下了他——莫西一。

他拍着篮球，朝着与我相反的方向跑去，我鼓足勇气，朝着他的方向大喊出了他的名字："莫西一——"

他回头。

"莫西一！"

他停住，将篮球抱在手中。

周围有好多人被我河东狮吼的功力震住，纷纷跑来看热闹，此时耳边传来一阵轰鸣，再也听不见任何声音，议论的声音像退潮的海浪，渐渐地被内心的忐忑淹没。

他缓缓朝我走来，眉头微皱，明亮的眸子流露出好奇的神色，我向他的瞳孔深处看去，一片漆黑，依然没有任何温度。太阳将他的影子拉长，为他纯白的运动衣镀上了一层薄薄的金色，他——莫西一，向我缓缓走来，熠熠生辉。

后来，我忘记了那天的很多细节。

比如当天的我穿了什么衣服；比如我说了什么话；比如他身上的味道；比如他的回答。

可是，我永远都无法忘记，那个时候朝我走来的，会发光的他。

明媚，朝气，阳光。

"莫西一，我喜欢你！"

我只是说了一句话，周围便一片哗然。而他立在我面前一动不动，只是那么若有所思地看着我。我只好一鼓作气，将想说的话全部说了出来："从第一次见你的时候，我就很喜欢你。但那个时候，我以为……只是萍水相逢，运气好碰到一个帅哥罢了。可是后来，又在学校的文学社见到了你，虽然给你惹过一些麻烦，但终究我们也算认识了，后来……"

一直低着头的我抬起头看了他一眼，他的眉头皱得更深，心脏忽然狂跳起来，只能再次低头，硬着头皮继续："后来，在医院碰见你，偶然的机会可以了解你更多，大概就是从那个时候起，你总是出现在我的脑海中，无论我多用力地想把你甩出去都不行。"

场下的人都安静下来，没有人再说话，似乎都在等着我继续讲我的故事。

"当我看见你和温柔一起散步时，我才更加确信，我是真的已经让你走进我的心里了。莫西一，你能接受我吗？"

最后一句话说完时，我几乎用尽了自己所有的勇气和力气。场下的人一片欢呼，我这才看见叶碧含朝着我投来的鼓励的目光，心里安定了不少。

他一只手拿着篮球，另一只手放到裤兜里，抬起头，看着我，略带忧伤的眸子一下就搅乱了我的心房，很想落荒而逃。

接着，他收起了所有的表情一字一句地说出了答案："我从不相信爱情，如果喜欢我，那就当朋友吧，或许你能等到那一天。"

我从不相信爱情。

如果喜欢我，就当朋友吧。

或许你能等到那一天。

然后将篮球扔到一边，转身离开。

身影渐渐模糊，只剩篮球最后一下一下地拍打着停在原地。

直到他走远；直到众人散去；直到身边只剩下小含。我才将身子弯下，任由眼泪流淌。

大概是特别疲累了，我抬起头问："小含，莫西一最后说的一句话是什么？"

叶碧含："他说，要和你做朋友，或许，你能等到那一天。"

"这么说，我还是有机会的对不对？"

叶碧含一愣，大概没有想到我会这么问，她勉强地点点头，我抹了两把眼泪，站起来："既然有一丝机会，那我程青桐就决不放弃。"

大概就是从那天以后，几乎全世界都知道了我喜欢莫西一，而我再次荣登贴吧热榜，成了大家饭后的热门话题。

既然我能为了他豁出面子在众人面前表白，并且被拒，脸已经丢尽了，那还有什么更可怕的。

重要的是，咱的脸不能白丢啊。

到最后收复美男的心，才是最重要的。

文学社再次成为我的第二个家，没事儿就跑过去，围着莫西一转。而这次的我，可是名正言顺的"狗皮膏药"，文学社里的成员几乎见到我就会主动告诉我莫西一在哪儿，他今天有没有来，或者他什么时候会来。好像全世界都在帮我追他一样。

想到此处，其实心里还是乐呵的，毕竟努力并没有白费，赢得了广大青年的支持，也是我的重大收获。

后来，我和莫西一绝口不提当天表白的事情，好像那天发生的事情并不存在一般，在他面前，我总是以朋友的身份出现，而在他不知道的时候，我可以悄悄地喜欢他，内心深处留一份温暖给他。

作为一个没有恋爱过的"情窦初开的少女"，还没有坠入情网就开始以莫西一为中心，天天围着他转了。

比如，替他打水。你会看到有一个呆萌少女天天守在他楼下，看他提着暖壶出来，然后欢快地小碎步跑上去，抢过暖壶就跑……

比如，替他打饭。他去哪个食堂，我就去哪个食堂，满食堂地找他，找到之后抢过盘子就去把今天食堂的特色菜打给他……

比如，替他去图书馆借书、替他打理文学社的杂务、替他整理办公室的资料……

也就是说，我整个成了他的贴身——保姆，大事小事，我能包揽的绝不放过。

我做起这些事情来甘之如醴，可当事人已经受不了了。

莫西一双手环胸满脸嫌弃："程青桐，你看看我的手。"

我一愣："看你手怎么了？你的手不是好好的吗？"

"你还知道我的手还在啊！那你天天帮我端茶倒水，拿我当残疾人伺候！"几乎是一阵嘶吼，自认识他以来，从来没见过他发出这么大的声音。

心里咯噔一下，完了完了，这下估计是真的生气了。

我腆着脸，不好意思地笑笑："嘿嘿，我不是看你忙嘛，学生会那么多活动，文学社又有那么多事，我不得替你分担一些，让你不要分心吗？"

"谁要你分担，你分担了我才会分心！"

说完气呼呼地走了。

虽然被他严厉地呵斥，但是他能这么主动来找我说话，我已经心满意足。

回到宿舍，满心欢喜，跳到叶碧含的床上，开始和她讲我今天的故事。

叶碧含越听脸越黑，到最后直接把枕头呼到了我的脸上："程青桐，你有没有脑子，人家骂了你你还乐不可支的。"

"但他主动和我说话了呀！这很重要，这是我人生当中的里程碑！"

"程青桐……"她叫完我的名字，轻轻地叹了口气，摇了摇头，"青桐，事情都到了这个地步，也应该有个结果了，莫西一对你，根本就是一点感觉都没有，他那个人又是出了名的高傲，你这卑微下去又能有什么结果！"

叶碧含的话我不是不明白，听了她的分析，我的心确实凉了半截，但是没等冷却下来，我迅速给自己打了气。

"小含，我不想放弃。或许你们看到的他确实是一副冷冰冰的样子，只会理性地分析问题，不会感性地思考问题，可是，其实他还有他的另一面，他的父亲……"然后我就开始滔滔不绝，自带感情地讲起了我所知道的关于他仅有的那些故事，时而悲伤，时而欣喜，时而满怀希望，时而卑微失落……

也就是说，说得好听点整个人像是在自编自导一场话剧，难听点就是我像个神经病一样在那里喋喋不休。

叶碧含噌地转身下床，端着盆出去洗漱了。她脸上的无奈，我至今都记忆犹新。

不过，真正和叶碧含当面冲突起来，是因为一个礼物引起的战争。

我为了给莫西一攒钱买一份生日礼物，我几乎是把饭都戒了。

前些日子和叶碧含逛街，我拉着她一直逛男装区，如果不是我一直去看她，肯定被她的眼神杀死了。

叶碧含："青桐，来陪你逛街的是个女生，不是男人！你一直拉着我去看男装是什么意思？要当变性人？"

我扭扭捏捏有些脸红："这不是我'男朋友'要过生日了吗，我想给他送个礼物，你也知道，他是学生会主席，总会出席一些正式的场合，没有一条像样的领带怎么行啊……"

其实我并不是特别懂该怎么给男生选领带，什么样的适合他，什么样的才不老气，什么样的上档次，我通通不知道，只是带着满腔热情去了，想选一份礼物，想让他戴着我送的礼物出现在大大小小的场合。

我拉着她又进了一家男装品牌店，满心欢喜却又不知所措地看了起来，并没有注意到叶碧含早就已经脸色铁青。

"小含，快来看看这个怎么样？"我拉起一根深蓝底色带着白色条纹的领带。

叶碧含没有怎么认真地看领带，反倒是直接翻过来，看了一眼标价，便将我拉出了店，毫不客气地说："这领带要一千多，你最近连方便面都分两顿吃就是为了这个事情吗？程青桐，你爱他，追他，我没有意见，但你为他连自己的健康都不管不顾了，你觉得值得吗？"

我一愣，原来她是为了这个事情在生我的气："小含，我没有不顾自己的健康，你看我壮得像头牛！"我松了口气，一脸她过度担心的表情，"好了好了，快来帮我看看，到底好不好看！"

"程青桐，你到底长没长脑子，人家压根儿就不喜欢你啊！"

你到底长没长脑子！

人家压根儿就不喜欢你。

叶碧含一甩手，丢下我走了。我愣在原地一时之间不知是去是留。

店里的店员出来好心地问我还需不需要看，我摇了摇头，情绪很低落地离开了。

原来，伤害一个人，那么容易。

近来我就像是个傻子，卑微到尘埃里，为他做我能想到的一切，即使跟前的人议论纷纷，但终究不是重要的人，根本伤不到我。可如今，就连叶碧含都觉得坚持下去没有什么用了，心里很大的支柱忽然崩塌，血液骤然冰冷起来。

走出商场，秋风瑟瑟，竟有些凉意了，刚刚进来的时候却没有察觉。

看了一眼手机，昨天晚上说的晚安，从发出去的那一刻每隔三分钟就看一次手机，最后等到夜深人静，精疲力竭，昏昏欲睡。

一直到现在也没有任何回音。

独角戏，是我一个人的独角戏。

之后的那几天叶碧含一直不愿意理我，用我妈常常说的话来总结就是：恨铁不成钢。

于是乎我从过去的只需要讨好一个人，变成了此时要讨好两个人。

"叶碧含，你要不要吃煎饼果子，我去楼下，可以顺便帮你买！"

"小含，我准备去洗衣服，你有没有脏衣服我顺便帮你洗了！"

"小含，今天作业别忘了做啊，明天要交，你要没写我可以……"

叶碧含忽然打断我："顺便帮我写了是不是！"

我本来以为她不会理我，更不会回答我，没想到这厮回我了，一时有些受宠若惊。

叶碧含："我说程青桐，你哪来那么多'顺便'，什么都顺，你以为你是顺口溜啊，每天伺候完这个伺候那个，你累不累。"

"我这不是，担心你嘛。"我的话音里有些委屈。

她见我可怜巴巴的表情，也不忍心继续朝着我大呼小叫，态度转而变得温和："其实那天，我态度有些激烈了，我确实不应该那么冲地和你说话，可是你近来的表现实在是让我看不下去，我一眼就看清楚了你的大脑勾回，我不得不说你，头脑简单四肢……四肢也强不到哪儿去！"

叶碧含再次回归到从前那为我操碎了心的她，苦口婆心地劝了我一晚上，而我，就在她劝我的时候，偷偷地给莫西一又发了一条晚安短信。

当然，此事并没有被她发现，否则我们俩之间二十多年的友情怕是要走到尽头了。

临睡前忽然手机振动了起来，因为在睡觉前我只给莫西一发了短信，所以我几乎只用了一秒的时间从床上弹了起来，迅速地接起了电话。

"喂？莫学长！"

电话那头沉默三秒后。

"程青桐，你是不是走火入魔了，我是林小筑。"

我的脸好像被人忽然甩了一巴掌，火辣辣的烧了起来："啊！哦……你是林小筑啊，那个我刚刚挂了莫西一的电话，我以为他又打来了呢，你有什么事儿啊……"自然又不做作的语气。

我几乎都能想象林小筑此时脸上不屑的表情，我也只能硬撑着。

"莫西一给你打电话？还这么晚？你还挂了他的电话？程青桐，我拜托你撒谎之前打个草稿好吗？"

我被他体无完肤地揭穿，恼羞成怒："别那么多废话，有什么事儿赶紧说，姐姐我要睡觉。"

他呵呵一笑："你上次答应请我吃的饭呢？啥时候兑现，再等下去我都要毕业了。"

被他刺激一顿本来就不耐烦，只想快点把这通电话挂掉："这周末中午，来我学校找我。没什么事儿我挂了！"

床下传来悠悠的一句讥讽："'喂？莫学长？'啧啧啧，青桐，我今天晚上和你说的那些话，都是对牛弹琴了吧！"

此处不该做出回应，蒙上被子睡觉为佳。

早晨一睁眼。

"叶碧含！小含！你快醒醒，莫西一给我发短信了，哈哈哈……"笑声连绵不绝。

她翻了个身，眯着眼，大概也是对莫西一的短信颇感兴趣："恭喜你，说啥了，念来听听。"

我乐呵着翻出手机："各位文学社成员，请于今天下午三点到一号楼开会，收到请回复，谢谢。"

我朝她眨巴着眼睛，她终于睁开眼睛，莫名其妙地看着我："没了？"

"没了啊！"

"那你这么高兴干吗？有必要吗？他又不是专门给你发的，这短信一看就是群发……"她大概是被我气到了，挣扎着起来，我看她的样子几乎就要咯血了。

"他群发的时候……没有……落下我，我就已经……谢天谢地了……还好……他……没忘了我。嘿嘿……嘿嘿。"

哐当——她重新躺在了床上，蒙起被子。

周六中午，请林小筑吃过午饭之后，他执意要送我回宿舍，便朝着宿舍的方向慢慢走着。

"林小筑，你这么大胆地跑到这里来和我吃饭散步，就不怕被你女朋友看见和你吵架？"

"女朋友？什么女朋友？"

"啦啦队美女啊，你不会告诉我，你俩分手了吧！"

"哦！"他恍然大悟，"她不是我女朋友，只不过是那天来打球，新认识的朋友罢了。"

我晕："我去，你也太滥情了，随便带个女生就可以接吻？"

他做了一个很随意的表情，一副无所谓的样子："是又怎么了，我可不像你，整天贴到一块冰上，追求柏拉图似的爱情，飞蛾扑火精神可嘉！"

我气急："那也总比你强，欺骗别人的感情，和行尸走肉有什么区别！"

他被我毫不留情的用词刺激到，眉头皱了起来："你懂什么，你怎么知道是我欺骗别人。"我愣了一下，他继续嬉皮笑脸，"那还不是因为我风流倜傥，英俊潇洒……"

我无语："你少来了，就你这个样还风流，还英俊，茫茫人海中一抓一大把都是你这样的人，比你强更是一抓一大把……"

我看着他胸腔剧烈地起伏着，而我依然喋喋不休，那一刻我特别感谢我老妈给我遗传的优良基因，让我在此时发挥得淋漓尽致。

然而我的话还没有说完，只觉唇上一片柔软，他身上淡淡的洗衣粉的味道充斥在我身边。我只知道当时我的眼睛肯定瞪得像铜铃一般大，身体忽然僵硬起来，失去知觉。待我反应过来时已经为时晚矣。

我猛地推开他，啪地一巴掌扇了过去："林小筑，你是不是有病！怎么对所有的女生都要来这一招！"

他被我推开先是一愣，受了我一巴掌之后更是惊恐："程青桐你还真打啊！你们女生不都喜欢这样吗？"

"谁喜欢这样了，谁喜欢了，你……你以后最好别出现在我跟前，否则我见一次打一次！"

"程青桐！哎！别走啊，那不会是你的初吻吧？程青桐……"

后面他说了什么，我没听见，我只知道我回到家之后刷了一下午的牙，虽然他其实只是轻轻地碰了一下我的嘴唇，但那是我的初吻啊！

初吻！

第五章

青春交响曲

最近老妈都不怎么打电话给我，我正和叶碧含念叨着她最近怎么这么安静时，手机响了起来。

我就奇怪了，人怎么就那么经不起念叨呢？

"说曹操曹操就到。"

叶碧含笑笑："还不快接。"

"喂，妈。你这好几天都没来电话了，是很忙吗？是不是最近孩子不乖啊？"

我先是听到了电话那头笑了几声，看样子心情不错。

"青桐啊，妈妈辞职了。"

我一惊，倒不是嫌她不去上班了，而是她一来这个城市就给人家当保姆，现在几乎可以说是金牌保姆了，忽然说不干了，我确实有些惊讶。

"为什么啊？是不是那家人对你不好，欺负你了？"我着急地问道。

"那倒不是，妈是觉得，总给人家看小孩儿也不是长久之计。"

"哎哟，你也会用成语了，还用得这么准确。"每次聊天我总忘不了挖苦她几句。

"你也长大了，以后是要嫁人的，别让人看不起呀。这不，我和张阿姨还有李阿姨借了点钱，和她们一起租了一个小店，准备开个干洗店。就是给人洗洗衣服，也不难，我学学就会了。"

先不说她前面说的那句怕对方看不起我的那些事儿，她愿意自己干点事情，不再墨守成规，我是打心眼儿里替她高兴。

"妈，你终于想开了，太好了。那你打算什么时候开业啊，我好回去帮忙去，也沾点喜气啊。"

"我都想好了，就这个周六。正好你不上课，能休息，咱们一起收拾收拾。"

周六。

我忙里忙外地收拾东西的时候，好像听到了一个熟悉的声音，像是林小筑的。我以为是自己产生了幻听，甩了甩脑袋把他抛到了九霄云外。

可这声音越来越清晰。

走出店门，我一抬头，看见他正在和蔡其航一起挂牌子。叶碧含和易淡两人正在擦玻璃，几个人其乐融融，配合默契。

我扔掉手里的抹布，气冲冲地走到林小筑跟前："林小筑，你给我下来！"

林小筑"嘿嘿"一笑："等会儿，马上就挂好了……"

我不耐烦："你马上给我下来！"

众人皆看我。

林小筑灰溜溜地从凳子上下来，拍了拍身上的灰："怎么了，大小姐，是不是那个莫西一又欺负你了？"

提到莫西一，我还是警觉地看了一眼易淡，发现他正和叶碧含相谈甚欢，悬着的心放了下来。

"你走吧。我说过，你以后最好不要出现在我跟前，否则我见一次打一次。"

"同学，你怎么还那么不讲道理啊？我来当免费劳动力，你还这么对我？算了算了，我不怪你，赶紧收拾东西吧，还有一大堆没弄好呢。"

我终于憋不住了："林小筑，你想把那天的事情就这么瞒天过海？你以为我和那个啦啦队女生一样是你随便想亲就亲的？我求求你，你要是祸害人，去找别人，不要来找我，我很忙，没有时间和你兜圈子。"

话音刚落，我随意地一扭头，发现那些正忙着手头工作的人纷纷直勾勾地看着我……

完了完了，刚刚一着急说漏嘴了，这下大家都知道我们接吻了。就连刚从店里走出来的我妈，也看见了这一幕！如果这个时候有个窗户，我指定得从窗户跳出去。

林小筑反而变得严肃起来，褐色的瞳孔里满是疑问。他的眼神长驱直入，毫不躲闪，看得我心里直发毛。他嘴唇微启，轻轻说道："程青桐，你能不能告诉我，你到底喜欢莫西一什么？"

我从没见过他这么认真的样子，不知道这个问题到底要不要回答他，如果回答的话，我又该怎么说……

"我凭什么告诉你？你又是我的谁？再说，这种事情告诉你你也不懂，咱俩的爱情观差太多了，道不同不相为谋。"

他看着我气鼓鼓的样子，松下了刚刚严肃的样子，在阳光下微微笑开，露出一排整洁的牙齿。其实在这一刻，我忽然发现我并不是很讨厌他。虽然他偷吻了我，触碰了我的底线，让我总是张牙舞爪地想把他赶走，可其实内心里我并不是十分排斥他。因为，如果真的讨厌，大概最有效的办法是冷漠，而如果还愿意和他生气，就证明并不是十分的讨厌他。

只是这一次，他又给我带来了不必要的麻烦，因为章女士每次打电话来都会问起："青桐，最近和上次来的那个叫林小筑的小伙子怎么样了？不要太耽误学习啊……"

上一次文学社开会布置了艺术展的事情，因为学校的艺术展强调的是书香气息，于是最后的风格定位为古色古香。而学校要求节俭，莫西一强调了在做布置的时候，首先要重视功能性陈设，其次才是装饰性陈设。

他把各类艺术品都分了类，分别在不同的区域展示，雕塑类、字画类、纪念品、工艺品等都分了出来，每一块的设计他都阐述了他个人的想法，加上其他同学的建议，最终修改得出了最终的方案。

我被他分到了字画组。大概他认为我是主修文学的，和字画多少靠点边。

周六从家到了学校之后，我几乎一直待在会展中心布置会场。而他熬了好几个晚上，设计出布置的画稿并列出了装饰的清单。

虽然之前他总给我安排事情，但这还是他第一次给我安排正式任务，不再是打杂之类的小事。我也终于明白了一句话：认真工作的男人超帅！

他的身影穿梭在整个会场，不时告诉工作人员该怎么做，不该怎么做，又常常低下头看自己手里拿的单子，再匆匆赶到下一个环节。

我可以隐藏在人群中，就这样肆无忌惮地看他。

侧脸好看的棱角在灯光的暗影下略显消瘦，漆黑的瞳孔捕捉着会场的每

雾色青桐

一个细节……

直到很晚，挂完所有的字画，人几乎走完之后，我腿酸到差点没有站稳。只觉背后有人轻轻扶了我一下，回头，竟然是他。

"莫学长……"

他嘴角轻轻一抿："辛苦了，做得很好。"

辛苦了，做得很好……这算是在赞美吗？

"大家都很辛苦，我怎么能怕累呢。"在他面前，我总会有些难为情。

"今天就到这儿吧，太晚了，走吧。"

灯光有些昏暗，而我总觉得今天的他特别温柔："好。"

我刚走了几步，忽然听到他叫我："程青桐！"

"怎么了莫学长？"

"你累吗？不累的话，我带你去一个地方。"

我几乎是立刻就答应了他。

后来好多次，我都后悔，为什么我就不能矜持一点！矜持！

这个世界总是很神奇，在你想要放弃，或者是筋疲力尽，或者是对生活没有希望的时候，它就会开始温柔地对你。

此时，莫西一就走在我的旁边，而我就是那日的温柔，我们并肩而走。

夜晚很静谧，除了飞驰而过的汽车几乎没有别的动静。我可以听到自己的心跳，也可以听到他的呼吸，我情愿一直这么走下去，即便到不了终点。

最后也不知绕了多少弯，终于到了他说的那个地方。

推门进去时，映入眼帘的是大量的画稿。

"莫学长，这都是你画的？"

"嗯。"

"也就是说，这些服装都是你设计的？"

"嗯。"

我一张张地看着那些图，发现所有图片里画的都是女生，并且这些女生都有着同样的面孔。

"她是我曾经喜欢过的一个女孩儿，很漂亮，也很善良。不过，已经是很久以前的事情了……"

我的手指本来在触摸那些画稿，却在他说完话的那一刻不再移动。

我背对着他，一动不动。

原来，他早就有喜欢的人，不是温柔，更不是我。

"我喜欢她，但我从没有告诉任何人，包括她自己。直到最后一刻，知道的都只是我一个人。"

低垂下去的眼抬了起来，我心有疑惑，缓缓转身，看带他面朝着一张画。画里的女孩儿明媚地笑着，手提裙摆，眼中满是希冀。

他的嗓音很沉也很闷："她只活到十七岁，后来出了车祸，就这么离开了。我从来都不用'死'形容她的离开，因为那个字实在太可怕，用来形容她太过残忍。"

脑海中轰隆作响，我百感交集，安慰的话像是被瓶塞塞住，一句都说不出来。

他拿起那张画稿，"咔"地打着打火机，就画差一厘米。

"莫学长，不要！"我迅速上前抢过了他手中的打火机。

"啊——"一不小心烧到了自己，灼烧的疼痛缓缓钻上我的心头。

莫西一将画稿扔到一边，握住我的手，语气有些强硬："你怎么还是这么冒冒失失的，从来都不知道小心！"

大概是因为灯光氤氲，我好像从他的眼中看见了心疼。

然而此时，真正让他心疼的应该是那段青涩懵懂的爱和初恋女生脸上天真烂漫的笑吧……

时光恍惚，距离我认识他的那个盛夏好像已经过去了很久，又好像岁月浓郁，在时光长河中，我们细微渺小，并未走远。

中午正在会场布置时，我的手机响了。我放下手里的字画，看到屏幕上闪烁着的是蔡其航的名字，于是接通了："喂，蔡其航，怎么想起给我打电话了？"

那边传来的是风风火火的声音："你最近都不去玩游戏了，我想你了嘛，哈哈……"一阵爽朗的笑声。

"我猜你一定有什么好消息要告诉我。是不是游戏又送装备了？"

蔡其航不可一世地答道："那算什么好消息！"

听他这么说，我觉得应该有什么大事儿发生了，不然游戏可是蔡其航的命啊。

"行了，我不和你卖关子了。贺欢欢来了，中午请你吃饭，一定要来啊！对了，叫上你的好朋友叶碧含吧，人多热闹。"

我这边连连答应："看看你这兴高采烈的样子，稳住点，别激动。"

贺欢欢和我想象中很像，有着一双大大的眼睛，水灵灵的。她从来没见过我，却在看见我的时候直接冲上来大胆问好："你就是程青桐？我常常听蔡其航说起你，听说你打游戏还很厉害。"说罢，她神秘地趴在我耳边说，"你以后有空就教教我怎么打游戏吧。"

她这么热情，反倒是我有些尴尬了，本来应该是我尽地主之谊，却让这个叫贺欢欢的抢了个先机。

"你好，贺欢欢，我也常听蔡其航说起你。"

咯噔——

说完之后我觉得有点不对劲，有点来砸场子抢人的感觉……

"其实也不是经常啦，就是打游戏无聊的时候会说……"

咯噔——

无聊的时候才会说？意思是人家贺欢欢很无聊了？

还好叶碧含这个时候插了句话，替我解了围："我是青桐的好朋友，我叫叶碧含。"

蔡其航见我们在一边磨蹭了很久，有点急，便赶了过来："你们有话能不能坐下说？这么客气干吗！"

贺欢欢："我和她们相见恨晚不行啊？"

蔡其航立马认错："行行行，老婆大人，我错了。"

老婆大人，我错了……这话听起来，真的很甜蜜。

莫西一什么时候会和我说"老婆大人，我错了""老婆大人，我想你""老婆大人，晚安"呢？

整场饭局，蔡其航都是神采飞扬的，他好像从来都没这么开心过。他还不忘给贺欢欢夹菜倒水，而贺欢欢不时扭头冲他甜蜜地笑笑。

这对我这种单身人士真是重大伤害啊！

手机忽然响了。

"喂！青桐！干洗店失火了……你快点……"

"我知道了，马上回去！"

我迅速挂掉电话对其他人说："蔡其航，我妈的干洗店失火了，我得马上赶过去一下。叶碧含，你帮我给119打个电话，我先走了……"

赶到干洗店的时候，火已经灭了，老妈除了脸上到处都是灰以外并没有什么大碍，我悬着的心终于可以放下。

叶碧含从图书馆往宿舍赶的时候，有人给她发了一个兼职招聘的单页，她拿回来放在了桌子上。我随手拿起来看了一眼，是校园北门图书店的兼职。嗯，比那些去饭店当服务员的工作强了很多，正合我意。

图书店的老板是一个三十多岁的女人，画着很粗的眉毛，眼睛不是很大，却特别亮，从我进门的那一刻起，她一直都是微笑着的。

"你好，我姓张，你可以叫我张姐。"她谦和的态度让我对她的好感剧增，而且她身上散发着浓浓的书香气息，让人忍不住想要去多了解她。

也不知为何，看到她我便觉得亲切。聊了一会儿天之后，她便决定雇佣我，理由很简单："从我第一眼见到你的时候，就觉得你这个孩子特别机灵，通过聊天，发现你还很喜欢看书，这份工作交给你，我很放心。"

我压抑住内心的狂喜，冲她会心一笑："张姐，那我平时都需要做些什么工作呢？"

"工作很简单，只要卖卖书，没人的时候理整一下书籍就行。进货和出货的时候是比较忙的，你需要点清货物，但大多数时间还是比较清闲的。"

我连连点头："谢谢张姐，我肯定能很好地完成任务，您放心。"

当我把第一次工作的钱交到老妈手中的时候，她老人家几乎热泪盈眶，逢人就说，见人就夸，整整念叨了一天。而我这才后知后觉地发现，她笑容满面的脸上，其实早已爬满细小的皱纹。很久以前爸爸就过世了，而她独自一人咬着牙度过了那么多难关。从今往后，我要成为她坚强的后盾。

那个时候的我终于知道，她是以我为荣的，并且是用她自己的青春和爱，为我撑起了一个避风港。我虽是她捧在手里长大的明珠，却不能一辈子被她捧着，我要成长，变成锋利的武器和坚固的盾牌，保护她，照顾她。

我正在宿舍洗澡的时候，叶碧含在门外朝我嚷嚷："程青桐，你的手机响了！"

"你帮我接一下吧，我一会儿出去打过去就是了！"

大约半分钟之后。

叶碧含再次爬到浴室的门上问道："程青桐，刚刚打电话来的是一个声音特别温柔的女生，而且是陌生号码，你有印象吗？我好像没有见过这个人。你的朋友我都认识啊，这又是谁啊……"

"哦，我一会儿出去打给她不就好了吗？再说你刚刚怎么也不问一下？说不定是张姐店里新的客户呢……"

当时的我并不知道找我的是谁，也并没有去多想，却不知道，这个人的出现，将会在我的生命中掀起一番大浪。

我没有心思再继续冲下去，匆匆擦干身子就跑了出来。

我盯着那个陌生的号码看了好久，从来没有见过……

按下拨出键，嘟声刚刚响了一下，那边便接了起来。

"喂，你好。"轻柔的声音，像是山涧小溪一般透彻。

心里咯噔一下，我似乎在哪里听过这个声音，却怎么也想不起来。

"你好，请问你是？"

"程青桐，我是温柔。"

程青桐，我是温柔……

我的心顿时就开始慌了："温柔？"我捂着话筒朝叶碧含龇牙咧嘴。

她是知道温柔的，所以这个时候也急得像热锅上的蚂蚁，瞪大双眼，叫我赶紧听电话。

"忽然给你打电话，是不是打扰到你了？"她的声音很小，我必须把听筒死死贴到耳朵上才能听得到。

"没有没有。你怎么知道我的电话的？我好像并没有告诉过你啊……"

"哦，电话是我从莫西一的手机上看到的，因为见过你，就把你的电话存了下来。"

我心中窃喜，大概是因为——莫西一的手机里有我的电话。

"原来是这样啊。那你打给我，是有什么事情吗？"

"青桐，我确实有事需要你帮忙。你能不能告诉我，莫西一最近什么时间有空？我想去学校找他。"

我再次捂住听筒，对叶碧含说道："她说她想知道莫西一什么时候有空，想来学校找他！"说罢我又立马对着听筒，而叶碧含朝着我猛摆手，意思是让我千万不要告诉她。

"温柔啊，你不是和莫西一的关系很好吗？就算是问，也轮不到我去问吧？你自己给他打个电话不就都解决了吗？"

电话那头一阵沉默，良久才传来一阵细语："是因为……我和莫西一最近……闹了别扭，我想亲自找到他，和他聊聊，所以才不敢打电话的……"她的声音犹犹豫豫、支支吾吾，却让人不忍拒绝。

我恍然，心里还是有些欢喜的，毕竟我也算是莫西一的朋友啊。

"这样啊，可是莫学长在学生会的事情特别多，文学社也总有活动，时间安排都是随时会发生变化的，就算我告诉你，也有可能白跑。"

"没关系，多去几次也没关系。"

此时的叶碧含还在朝着我一个劲儿地摆手，叫我不要答应她。

可我还是没刹住："那行，我帮你问。"

叶碧含一脸的恨铁不成钢。

"太好了。"

这大概是她在电话里说得最清楚的三个字，我总算是不用贴着话筒就可以听见。

"那我有了消息再告诉你。"

电话挂断之后，叶碧含朝着我翻了个白眼："程青桐，你追不到莫西一可以，他不爱你也没关系，但你至少不必把他亲手推到别人的温柔乡里去吧？电话里那个狐狸精，说个话都嗲嗲的，你是不是打算以后都趴在我的肩膀上哭啊？我的肩膀可不是每次都义务服务的！"说罢，她气鼓鼓地转过身，故意不理我。

"这不是他们吵架了嘛，我总不能乘人之危吧？嘿嘿……嘿嘿……"

还是不理。

"那个，小含，我去问莫西一，估计他不肯说，嘿嘿……嘿嘿……"

还是不理。

"你能不能，让易淡问一问？"

"程青桐！你是傻子吗？你到底长没长脑子？"

后来我才知道，叶碧含说的没错，我是傻子，很傻、很傻的傻子，世界上最大的傻瓜就是我。

最后得到的消息是，莫西一周六下午没有事，要去图书馆查资料。

我担心温柔找不到路，一个人等比较孤单，就去陪她一起等。

我还在她旁边一个劲儿地安慰她："一会儿有话好好说，争取今天把你们俩之间的什么仇什么怨都化解了，也省得你白跑一趟。"

齐刘海儿刚好挡住了温柔的额头，衬托出了一双漆黑的眸子。薄薄的嘴唇张了又合，最后她还是小声地说了出来："青桐，其实，我和西一并没有闹别扭，也没有吵架……"

我很勉强地笑了一下，一头雾水："你说什么？没有吵架，那你……"

话还没有问完，我就听到远处传来脚步声。

莫西一穿着一件深蓝色的卫衣，左手抱着一本书，朝我们这边走来。

"青桐，你一会儿就明白了。"

青桐，你一会儿就明白了……如果早知道结局，那我情愿一直都不明白。

温柔走出去，站到了离他一米远的距离立住。她穿着一件青色的宽松毛衣，整个人显得娇小可人，长发柔顺地垂在肩上，发丝随着风在舞动。

"温柔？"他双唇轻轻一抿，露出一个淡淡的笑容，一个平日里难得一见的笑容。

果然，先说话的是他。

"莫西一，我们有好久没见了。"声音温柔而轻快，她双颊绯红，眨巴着双眼，让人疼惜。

"小柔，你来怎么也不说一声，我可以去接你的。"难得的温柔语气……该死的莫西一，和我说话的时候，什么时候能温柔点？

"我就是故意不告诉你，想给你一个惊喜。"

原来是惊喜，不是来算账的……

她双手握在一起，抓着自己的衣角，似乎有些腼腆，但还是昂起头，用最大的声音说："莫西一，我要谢谢你，谢谢你从未忘记过我的生日，为我点燃每个生日的生日蜡烛；谢谢你在所有人都嫌弃我的时候，和我做好朋友；谢谢你背着我奔跑，让我知道夏天的风吹在脸上到底是什么感觉……"

她说了好多谢谢，那每一个谢谢都像是扎在我身上的刺一般，生生地疼。我多么希望这其中一个谢谢由我来说。

周围围起了不少人，都在看着他们。没有人知道我的存在，也不会有人记得，曾经有人在操场上说过同样的话，向同样的人表白过。

他一动不动地站在原地，左手死死地捏着那本书，脖子上的青筋突出，眉头紧紧地皱在一起。

他总是这样默不出声地拒绝。

温柔的眼中噙着泪水，似乎轻轻一眨就会眼泪决堤，刚刚还绯红的脸颊此刻却是苍白的。她的声音颤巍巍的："莫西一，如果你愿意爱我，就请过来给我一个拥抱好吗？"

我的心一直悬在嗓子眼。

周围的人一直都在起哄，声音嘈杂，让人脑袋嗡嗡直响。

一步……两步……他一点一点地靠近她，将她拉到了自己的怀里。

那一刻她喜极而泣，靠在了他的胸口，我清楚地看到，她闭眼的那一瞬间，泪水决堤。而他的臂弯，紧锁她的肩膀，他的下巴贴上她的额头……

再后来，我便眼前一片模糊。

周围一片掌声，而我藏在了大树后面，顺着大树滑坐下去。我抱紧肩膀，缩起身体，不想让任何人看见。

温柔，你不是说是来化解矛盾的吗？

莫西一，你不是说你从来不相信爱情吗？

你不是说，你爱的那个女孩已经死了吗？

程青桐，你真傻！

你真傻！

你就是世界上最傻的傻瓜！

我只觉得气温越来越低，发觉人都走光时，我才知道天已经快要黑了。

眼睛疼得要命，不想说任何多余的话，我只想回家。

只想回家……

路过超市，我买了吃的和啤酒，走了几步，却又觉得极累，索性坐在马路边上，晃了晃啤酒罐，嘶啦打开，任它随意地喷溅。

冰凉的液体浸泡着我的舌头，它在我的舌尖上随意地翻腾，卷起一阵又一阵泡沫。我没怎么喝过酒，觉得它好苦，也好神奇。

咕咚咕咚地下肚之后，却不再冰凉，只觉得胃里烧得慌，再也不冷了，再也不用害怕寒冷了。

只要有它，就会温暖……

我摇摇晃晃地走到公交车站，想搭上最后一班回家的公交车，却不知从哪里出现一帮人一直在我耳边吵，之后便觉得有人在硬拽我的背包，身体被他们拽地来回摇晃，想站稳怎么也找不到重心。

"你们干什么的？"我听到一个男生的声音，有点熟悉。

之后那些拼命想把我拽倒的人便不再拽我了。我扭头看男生，冲着他特别开心地笑："莫西一，你来了？我没有喝多……"

身子一歪，天昏地暗。

我醒来的时候，眼前的一切格外陌生，太阳从大窗户上照射进来，明媚刺眼。我转身，看见了床头柜上的一张单人照——林小筑。

我下床走了一圈，越走越觉得不对劲：我是怎么来这里的？我为什么会在这里？

记忆大概从等公交车那里就断了，怎么想都想不起来。

门咯吱开了，林小筑带着豆浆油条进来。

"醒了，怎么样，头还疼吗？"

我摇了摇头，问："林小筑，我怎么会在这里？你对我做了什么？"

他嘴一撇："喂，甘愿为我献身的少女多的是，你少臭美了。"

我白了他一眼，继续追问："那我……怎么会跑到这里来了？"

"你能来这里就谢天谢地吧，要不是我你早就人财两空了，不过……"

"不过什么？"

"不过你这人看起来一般，财就更一般了，能安全活下来也是应该的。"

"林小筑！"

"好了，赶紧吃早点，吃完以后该干吗干吗去。为了一个莫西一，还不至于！"

莫西一三个字，又点醒了我，我按下性子，问："你真的觉得，我就不该喜欢他？"

"既然注定没有结果，注定受伤，你何必执着？像我一样不好吗？自由自在，也不会为情所困！其实，你也可以做到的。"

"我也可以做到？"

他把脸向我靠近，几乎就要贴到我的脸上："试着吻我！"

他这是要干吗？

我几乎是瞬间石化，竟呆立在了原地。

"快点，愣着干吗！"他一再催促。

我继续磨叽。

这个姿势大概持续了一分钟都没有任何进展，我放弃了："不行，我做不到。林小筑，你天天可以没心没肺地吻那么多人，真牛！"

"程青桐，你就是太钻牛角尖了。莫西一到底有什么好，你自己心里清楚吗？"

"你别说了，你说什么也没用的。"

后来的几天，我一直都住在林小筑在外租的房子里，他时不时就来一句自己的真理名言，让我放弃莫西一，而我听得多了，渐渐也麻木了。就像是你总和一个人讲同一个笑话，讲得多了，自然也就不会笑了。

这天，我坐在窗前晒太阳，手机响了起来，是叶碧含。

接通之后，说话的却是陌生人："你是叶碧含的朋友程青桐吗？"

我隐约有一种不祥的预感："是，你是哪位？"

"这里是××医院，你的朋友现在正在这里治疗，您方便过来一趟吗？"

我心里一慌，着急到语无伦次："方便！我……我……我……马上就去！"

林小筑不在家，我拿起外套直奔向医院。

找到叶碧含的时候她已经清醒过来，面色苍白，躺在病床上打着点滴。

我冲到她跟前，急切问道："小含，你这是怎么了？好端端的怎么住院了？"

她别过脸，一行清泪滑下。

我的心猛地一揪："怎么回事儿？到底怎么了？你别哭，你快和我说清楚！"

叶碧含擦了擦眼泪，委屈地说："你别问了，我找你来是想让你带我出院的。"

"你这个样子怎么出院！不能出！你先说清楚，到底发生什么事儿了。"

她这才止住了眼泪。

我扶着她坐了起来，她眼中带着恨意，这恨意让我害怕，让我慌，因为我从来没见叶碧含这么生气过。

她是温柔内敛的姑娘，只有在我面前才会张牙舞爪，如今这事情能让她咬牙切齿，就一定不是小事儿。

"那天，易淡给我发了短信，约我去打牌，他说有好多人一起去玩，就叫我也去凑热闹。他把地址订在了酒店，我并没有多想……"

她说到一半，我就已经知道了事情的严重性，一直闷不出声地听她讲，没有打断。

"我到的时候和酒店的服务员说，让她一会儿给我送一瓶饮料来，然后就去了房间，却只看到了易淡一人。"

她抬眼看我，似乎在等着我骂她不小心。

我没有说话，只是让她继续讲。

"易淡说其他人一会儿就到，让我先喝茶，可谁能想到，他在茶水里放了药，喝了之后，我便昏昏欲睡。当时我已经反应过来事情不对劲了，所以用力将茶杯扔到地上。还好我之前和服务员要过饮料，她送饮料的时候听到里面的声音不对，闯了进来，这才没事……"

我气得原地打转："叶碧含，你叫我说你什么好！打牌，呵，打牌需要去酒店吗？你自己也不想想，那个易淡平时看起来人模人样，实际上自私自利，还阴险狡猾，你自己不懂得辨认就算了，你还往他的火坑里跳！"

"我知道错了……"

"报警了吗？他这样的畜生就该交给警察处理！我就不信了，还没有人能管他了吗？我只不过是几天不在你跟前，你就出这样的事儿，还能不能让我省点心啊！"

叶碧含低着头，支支吾吾不说话。

"我问你呢，报警了没有？"

她坐起来，皱着眉头，双目瞠圆："程青桐，这种事情你要我怎么报警？这传出去我还怎么做人？"

我一愣，发现自己一心想着报仇，却没有想过这件事情传出去，对叶碧含是十分不利的。

"这个易淡，肯定是料准了我们不敢报警，才敢这么胡作非为。好了，你也别担心，这件事情交给我，我来帮你处理。"

"青桐，这些天你都到哪里去了，怎么也不回宿舍？是回家了吗？"

我和她讲了这些天我的事情。

她有些心疼地靠近我，伸出胳膊抱了抱我。

我回抱住她，在她耳边轻声说："我们还真是连体婴……不过没事儿，有难同当。"

"青桐，易淡的事情还是算了吧，我不想把事情闹大，也不想把你再牵连进来。万一他再对你动什么歪心思那可怎么办？你千万别蹚这趟浑水，安全第一……"

"行了，你好好休息吧，我晚上过来看你，别乱跑。"

安顿好她，我出了医院。

忽然间，我觉得这片天早已经不再是我从前看的那片天了，物是人非，一切都已经不一样了。

易淡害了叶碧含，是叶碧含的敌人，叶碧含是我最好的朋友，那么很显然易淡就是我的敌人，而易淡又是莫西一的朋友！

那么，莫西一就是我的敌人！

从深爱的人变成敌人，竟是一瞬间的事。

这样巨大的差距，我该如何去平衡？而他又会站在哪一边？

又或者，他根本就不会选择站在哪一边。他本就是一个那样高高在上的人，从来不屑于加入我们的纷争。于他而言，工作、学习、照顾母亲才是他生命中最重要的事。

我又算什么？微不足道，不足挂齿。

但我绝对不能忍的是，易淡竟然欺负到叶碧含的头上来了。从小到大，我没有让任何人伤害过她，即便是受伤，我也会十倍讨要回来。我绝对不能允许，她在我的身边受伤。

第六章
致终将到来的黎明

雾色青桐

走出医院的大门，我抬头看了眼天。

此时的天空好像和往常的有些不一样了，有些萧瑟，有些渺茫，却更有了一番宽阔。

我的思绪飘到了无限远处，回想起了那个盛夏。

那个时候的白衣少年，在我心中还是完美无瑕的样子。

而今，他与我渐行渐远，像两条平行的线，再也不会有任何交集。

冷风有些刺骨，大街上车水马龙，我却第一次感到了孤独。

曾经的程青桐，身边总是有叶碧含，而今，就连一直陪在我身边的她都躺在医院里，孤独便油然而生。

我拿出手机给林小筑打电话。

他很快接了起来。

而我一直没有听到，电话那头的他其实早就"喂"了好几声。

"程青桐，你什么时候成哑巴了？怎么不说话？"林小筑那边不停地叫嚣着，我这才被他的声音拽了回来。

我的声音冷冷淡淡的，顺着听筒传了过去："喂，林小筑，我想请你帮我个忙，你能不能先答应我？"

"好，我答应你。"

他的答案让我有些意外。我是想过他会答应帮我，但至少他该问我为什

108

么，可是他这么干脆地就答应下来，我是没有想到的。

"林小筑，你就不问问我想让你干什么？"

"你如果想让我知道，自然会告诉我，但是如果你不想说，那我还非要问，岂不是很不讲义气？"话筒那边传来"哧哧"的声音，我能感觉到林小筑这个时候一定是在笑，并且是那种坏坏的却让人讨厌不起来的笑。

如果说之前我对他有些不好的印象，并且一直都没有彻底消除这种印象的话，那么从这件事情以后，我对他改观了。

"那好，晚上一起吃个饭吧，到时候我会告诉你具体情况的。"

"好。"依旧爽快地答应。

我和林小筑约到了我们学校门口的饭店。

他坐在我对面，娴熟地点燃一支烟，在我面前吞云吐雾。

如果是以前，我可能早就对他剑拔弩张了，可这一次我什么都没有说，只是一个劲地挥手，想把跟前的烟打散。

"程青桐，原来你的弱点是闻不了烟味儿啊！"他依旧是一副嬉皮笑脸的样子。

"现在不是探讨我弱点的时候。我先和你说正事儿吧。"

我很少在他面前这么平静，他眼中流露出好奇。

"我想让你帮我揍一个人，他叫易淡。"我一直低着头不看他。打人这种事，我从来都没有涉及过，所以现在说起来竟有一种要犯罪的感觉。

他却一脸的不以为然："就这事儿？我以为你要和我说多大的事儿呢。就这么点小事，你还用单独把我叫出来吗？直接打个电话不就行了？"在他眼中，去揍一个人就像去吃一顿大餐一样，爽得很。

我沉默着点了点头。

他喝了口茶，继续问："那你说说为啥要打他吧，既然让我动手，总得给我一个理由。"

我本来还在担心这件事情说出去对叶碧含的名声有影响，但是见他这么讲义气，便决定把此事告诉他。

"林小筑，这件事情和我最好的朋友有关，事情比较严重，我可以告诉你，但是你要保密。"

他呵呵地笑了，满脸的笑意："放心，哥的嘴巴严实得很。"

我将叶碧含的事情详细告诉了他，并把易淡平时的为人和他说了说。

他听的过程中气得直跺脚，破口大骂，整个饭店都是他的声音。

之后的时间，便是他一直不停地给他的那些兄弟打电话。有的一口就应了下来，有的找了各种理由推脱，那些答应他的便成了他口中的兄弟，而那些来不了的统统被他拉到了黑名单。

有时候我很羡慕林小筑的洒脱，他可以那么豁达地去爱去恨，而不像我，爱得那么深，终究也是一场空。

我们把时间约在了周五放学，那个时候易淡要回家，我们一行人便守在了他平时回家的必经之路。

林小筑是第一个冲出去的人，他把麻袋套在了易淡的头上，之后便是一群人的拳打脚踢，而易淡没有任何反抗的能力。

这个时候的我并没有开心，也更希望他并没有挨打。

如果是那样，就意味着叶碧含并没有生病也没有住院，而我们的生活依然一如既往地快乐。

我走到易淡的面前，林小筑把麻袋拿了下去。

易淡像个疯子一样跪在我面前，头发凌乱，嘴角渗出了血。我永远都无法忘记他当时那惊恐的眼神，像是一匹被惊了的马。

我朝着他冷嘲热讽："易淡，你也有今天。我要让你记住，从今往后，

110

如果你敢再动叶碧含一根汗毛，我就让明年的今天，成为你的忌日。"

他看到眼前的人是我，刚刚的惊恐便少了几分。人总是这样，在不知道敌人的情况下总是害怕的，但当你知道敌人的战斗力并且知道她为什么伤害你时，便变得有恃无恐起来。

"程青桐，你还真能多管闲事！"

啪——一记耳光甩到了他的脸上，我昂着头，用鼻孔对着他的脸："易淡，我程青桐今天既然能说出这样的话，就一定说到做到，大不了鱼死网破、玉石俱焚，我和你一起死！"

林小筑后来和我说，当时我的样子很吓人，疯狂的样子看着让人觉得陌生，几乎真的吓到他了。

而我何尝不是觉得自己变得和以前不一样了，可是这能怪我吗？谁叫这个世界残忍起来这么没有人性！我只能选择变化自己来适应它，让自己不再那么容易受伤。

上帝证明，我是善良的。

可每次我去看叶碧含时，看到她沉默的样子，我就觉得当时打易淡的那一巴掌还不够狠，一点都不狠。

图书店的兼职好几天都没有去，张姐给我打来了电话，让我明天一早去帮忙，我连连答应下来。

生活好像恢复了一点点的正常。

第二天，我早早起来，去了店里。

此时店里很安静，也没有客人。

地上摆满了书，她穿梭在书中，十分投入。头发在她低头的瞬间垂了下去，她神情专注，似乎并没有察觉我走了进来。

雾色青桐

有时候我觉得张姐生活在另一个世界里，那个世界格外静谧，像是世外桃源一般不受外界的纷扰。她一直沉浸在书海中，沉浸在属于自己的小世界里。

她忽然看见了我，和我温和地打了个招呼："青桐，你来了。你看这一地的书……"她耸了耸肩，顽皮地笑了笑。很难得的是，在她脸上看到这种顽皮的笑，你并不会觉得怪异。

她说："没办法，只好让你加加班，你就不能去过周末了。"

我冲她莞尔一笑："张姐，你说这话可就不对了。你是老板，我是员工，你让我干活是天经地义的事，你怎么还不好意思了呢？"

说罢，我们相视一笑。

几次的沟通交流，默契配合，我们已经成了很好的搭档。

朋友是没有年龄差距的，不是吗？

她又忙了起来。

我的目光掠过她，看见了一个熟悉的背影。

他将手中的书放到书架上，拿下了另一本书，身体稍微转过来一些，又是熟悉的侧脸。

是他，莫西一。

他认真地看着手中的书，似乎并没有发觉有人朝他走去。

我站在他的身后，看着他棱角分明的侧脸。

那样好看的一张脸，那样黑的眸子，我却从来看不清他心中在想些什么。

我声音低沉地唤了他的名字："莫西一……"

他这才发现有人站在他身边，看见我先是有些惊讶，之后微微一笑："程青桐？你怎么在这里？"

很难得，他第一次这么主动地朝我笑，又这么温柔地叫我的名字。

"你别误会，我没有刻意跟踪你，我是这家书店的员工，我在这里做兼职。"

"哦。"

一声淡淡的"哦"，和他以前在公交车上对我说的"不用谢"有着异曲同工之妙。

他总是这样让人无法靠近。

我低下了头，这个时候让我去面对他，真的有些难。

但我最终还是鼓起了勇气，问出了我心底的疑问。多年之后，我还是会庆幸这个时候的自己能够在这里和他偶遇，不管是伤是痛，总归是曾经相遇，我不后悔。否则我不知道我什么时候能鼓足勇气问出这样的话，也不知道我什么时候会在他面前落下一滴眼泪，更不知道，他也会犹豫也会脆弱。

"为什么？莫西一为什么？"

他轻笑："什么为什么？"

对，他当然不知道为什么，对他来说，我本来就是一个小透明，我的心思，他又怎么会知道。

"为什么要给我希望！为什么要在医院里和我散步？为什么最终要让我去文学社？为什么要带我去你的秘密基地？为什么要告诉我你暗恋的女孩的故事？你知不知道，你做的这些事情，只会让我误会你，让我以为，其实你并不讨厌我，其实你是有点儿喜欢我的！"

我独自一人声嘶力竭，说了好长一段话，他捧着书，佯装镇定地一动不动。

我甚至想说，莫西一，难道你是木偶吗，为什么每个人对你说话的时候你总是一动不动。

他合上书，扭头看着我，眉头紧皱，眉宇间郁结着烦恼："程青桐，你不要无理取闹，我来这里只是帮温柔借一本书，你不要想太多……"

"莫西一，你的心到底是不是用肉做的，如果你一直不喜欢我，为什么在我帮你打水的时候不拒绝？为什么在我帮你打饭的时候你要接受？为什么要让我帮你去图书馆借书？为什么还允许我打扫你的办公室？如果你心里讨厌我，大可不必同意我去做这些事情，我也不用像个傻瓜一样以为我还可以争取到你的爱！"

又是一段几乎没有断开的话，而这段话早就已经在我心里默念了千百遍。

"程青桐，如果之前我有什么举动让你误会了，那我在这里向你道歉，很抱歉，我让你误会了。现在，我不能再耽搁了，温柔……还在等着我。"他说得风轻云淡，像是在说"我要去吃饭"，又或者是"我累了一样"轻松的话题。

可是这每一字每一句就像是对我的嘲笑，而温柔这个名字，就像是扎在我心上的一根刺，扎得我生生地疼，这每一阵疼痛都在嘲笑着我的愚蠢，就像在嘲笑一只小丑。

"呵……这么多的真心，这么多的付出，这么多的赴汤蹈火，你一句抱歉就完了吗？莫西一，你真狠，你有种，我程青桐自愧不如！"

眼泪不知什么时候夺眶而出，我只用了一秒就把它擦干，而我抬头的瞬间，看见了他的眼睛。

深不见底的眸子似乎要将我卷入他的瞳孔，那一刻我觉得他的心里是有我的，因为我真真切切地感受到了他眼里的心疼。

或许是错觉，又或许不是呢？

"如果没有别的事……我先走了，温柔还在等我。"他忽然冰冷的声音把我从刚刚的错觉中拉了出来。

我冷冷一笑："好，再见，莫西一。"

再见，永远不见。

见不到你，心就不会动，心不动，则不痛。

他还是把背影留给了我，只是这一次我没有望着他的背影走。张姐这个时候从里屋出来，她没有说话，只是定在那里看着我，我抬头，在她的眼睛里看到了心疼。

她说："哭吧青桐，想哭就大声地哭，这里没有人会嘲笑你。"

她有些细瘦的胳膊把我拉到怀里，我靠在她的肩头开始肆无忌惮地痛哭。

莫西一，你为什么不早告诉我，你其实一点都不喜欢我，这样，我就可以不用掉那么多无辜的眼泪。

当我再次在手机屏幕上看见"温柔"二字时，我愣了一秒，然后迅速接起了电话。

"喂，温柔。"语气冷冷淡淡，就像是对陌生人讲话一般。

"你好，程青桐。"

我讨厌这句话，因为上次，她也是这么和我打招呼的。

"怎么了，你找我有什么事儿吗？"

"青桐，方便一起出来坐坐吗？"

"方便。"

我们约在了学校附近的咖啡馆，我去的时候她已经到了。

她还是梳着齐刘海儿，只是好像又消瘦了不少，并不像是在热恋中的人，脸颊微微凹进去一些，显得眼睛更大了，她说："青桐，你来啦。"声音依旧像是山涧的小溪般清脆透彻，只是又多了一分柔软。

我反倒是直入主题："温柔，我下午还有一些事儿，你有什么事的话，就快点说吧。"我自己都可以感受得到我话里的不耐烦。

"青桐，你还在为上次我骗你的事情生气吗？我……真的不是故意的……"她可怜兮兮的样子真的让我无法狠起来，我几乎就是在那个瞬间败下阵来。

"没有，你想多了，上次的事情即使不是我，你也会找别人，更何况，你也没有骗我什么。"

"青桐，你知道吗？我特别羡慕你。"

我一愣，随即苦笑一下，我又何尝又不是羡慕你的。

"温柔，你不是在开玩笑吧，我有什么好羡慕的……"

"我羡慕你的勇敢、你的洒脱，羡慕你可以整天见到莫西一，羡慕你可以一直就这么美好地活着……"她嘴角微微上扬，像是一个憧憬着无限美好的少女，好奇地看着这个世界。

只是那句话听着让人觉得奇怪：羡慕你可以一直就这么美好地活着……

"青桐，你知道从一生下就被医生贴上先天性心脏病的标签的感觉吗？你不能奔跑，不能和其他的小孩一样玩闹，不能正常地上学，甚至就连咖啡都不能多喝，而我一直以来就是这么心惊胆战地生活着……"

我愣住，所有的画面在这一刻画上了休止符。

"没有人愿意和我做朋友，只有莫西一，他愿意在没人理我的时候陪着我，愿意把欺负我的人统统赶走，那个时候在所有人不明白什么是爱的时候，我就笃定地知道，我以后是一定要嫁给他的！"她说话的时候一直带着笑容，端起咖啡轻轻地抿了一下："可是青桐，医生说，我已经没有多少时间了……所以我才不得不鼓起勇气……"

我本以为，是她骗了我，我还有恨她的理由，至少，我还是那个善良的灰姑娘。

而现在，她说出了这样的事实，还让我怎么恨得起来，此刻的我，只能做最佳女配角。

"青桐，其实莫西一并不是真的爱我，我可以感受到，他对我的关心和爱，永远都只是像哥哥一样，可是我还舍不得放手，我知道我很自私，可是我没有办法。"

我终于明白，原来每个人都有说不出的痛。而莫西一，选择了保护她。

事情总喜欢赶在一起。

晚上去了老妈的洗衣店，老妈正在整理顾客的衣服，突然，她就在我跟前倒了下去。

"妈！妈你怎么了……"

我惊慌，经过上次的事情，心里的害怕油然而生，一时间说不出话来，连忙叫了李阿姨，在她的帮助下，赶去了医院。

医生从病房走出，表情倒是很平静，却带着一些责怪的意思："病人没什么大碍，就是有点高血压，再加上平时有些过度劳累了，所以才会导致晕倒。"

我碎碎念叨："没事儿就好，没事儿就好。"一颗心算是落地。

医生："你们这些做孩子的，一点都不懂得照顾父母，整天就知道顾着自己，唉……"说着边摇头边走了，并还不时地说："现在的孩子啊，只知道用名牌、穿名牌，都是让惯的……"

听到这里，我心里一晃，虽然我没有穿名牌没有用名牌，但我确实是从来都没有为她做过什么。

我进了病房，看见她安详地躺在病床上，呼吸均匀，睡得很深，可想而知，她应该是有好多个晚上没有好好睡觉了。也不知道是从什么时候起，她本来很光滑的脸上爬上了皱纹，而且越来越深，这便是岁月在她脸上留下的残忍的痕迹。而我却好像很久都没有这么认真地看过她的脸了……

我转身出了病房，打电话给了图书店的张姐，她是这个繁杂的世界里唯一一个生活平静安宁的人。

"喂，青桐啊！"

"张姐……你……忙吗？"因为在书店干得很顺利，和她相处得也特别好，而且这个时候又是考研的时节，书店应该会比较忙，我在这个时候离开确实不太好。

"我不忙，你下午有时间吗？来书店一趟吧，放心，今天不是让你来干活的，我今天做了好吃的……"

"张姐！"没等她说完，我迅速地打断了她，"张姐，我妈妈病了，我可能一时半会儿不能去书店工作了，我想多抽些时间照顾她，顺便照看一下干洗店……"

良久之后。

"你想辞职？"

"是，张姐，实在不好意思，我真的是没有其他办法……"

"好啦！我知道啦，以后如果有空了，再回来。"

张姐的话还是让我温暖了许久。

之后，我基本上所有的课余时间都放在了干洗店里。我这才发现，原来给别人干洗衣服是一件这么累的事情。

我忙了一天，刚回到家，老妈从屋里走了出来，精神恢复了大半。

"青桐，我差不多好了，你明天就好好上学吧，不要隔三岔五往回跑了，整天这么跑你也怪累的！干洗店我能顾得来。"

我无语地看了她一眼："妈，你都这样了还想着去店里干吗！这事儿你别管了，我说我看就我看，你别插手！"

她被我的厉色震慑到了，看来我在家还是有那么一点点的地位的。她只好妥协："那好吧，就一个星期，一个星期之后我好利索了你就乖乖回学校去。"

如果不是我一直在店里，我想我永远都不可能看到这一幕，也不可能知道，原来莫西一不是我的敌人，他在别人和我之间，第一次站在了我这边。

不管是出于人道主义，还是同情心，他终究还是让我感受到了那么一点点的温暖。

我在店里整理客户的单子，听见门外有些响动，我站起来朝着门口看了两眼。

我发誓我永远都不会忘记易淡那张似笑非笑的脸，几乎带着狰狞对着我笑着。

他带着一帮人冲进了干洗店。

"程青桐，你不是很嚣张吗？你不是很牛吗？你怎么不张扬了！同归于尽啊！来啊！"他朝我咄咄逼来，我一步步地往后退，虽然不愿意承认，但是我确实浑身都在发抖。

"易淡，你要干什么？你还算不算男人，带一群人来欺负一个女生？"

"呵，程青桐，你现在说这话是不是有些晚了，当初你带着一群人去揍我的时候，怎么没想想我会不会有一天来找你报仇！"

其他的人推翻了衣架，打翻了很多洗衣店的陈设，门上的玻璃也被敲碎，那一刻我真的想将他千刀万剐，但是心有余而力不足。他死死地捏着我的手腕，捏得我生疼，眼泪几乎就要出来，却始终没有吭一声。

　　"程青桐，骨头挺硬啊！"

　　门口出现一个身影。我期盼着是一个顾客，能看见这里闹事，可以去报一下警。

　　"放开她。"耳边传来的却是熟悉的声音，严肃而有力，压抑着内心的火焰。

　　易淡满脸狐疑，不敢相信地回了头，手上的力道渐渐松开，扭头看到了他。

　　"莫西一？你怎么会来？"他的手彻底松开。

　　"易淡，以前很多事情我睁一眼闭一眼就算了，但是现在，你不觉得你太过分了吗？"

　　是他，莫西一。一个我从来没想过的场景出现了，我危难的时候，他出现了。

　　"莫西一，这件事情和你没关系，你最好别管，你别忘了，她上次是怎么打的我！"

　　"她为什么打你难道你不知道吗？"

　　他今天说的话不再是简单的"嗯""哦"和"不客气"。他走到我跟前，把我护到身后，我闻到了他身上好闻的味道，心里忽然觉得安心，好像他一出现，整个世界都变得安全了。

　　易淡愤愤，却无言以对，那些人看见东西也砸了，人也吓唬了，又见有人来，不想摊上事儿，便都扭头走了。

　　易淡仍然不肯罢休，不过看莫西一这么顺着我，便也打算作罢："程青桐，咱俩的事情没完，走着瞧。"

　　他走出门口，我整个人几乎是摊在了地上，干洗店中一片狼藉，而我和老妈相依为命的生活来源就这样被人砸成现在这副模样。

大概事情总是喜欢赶在一起，这个时候，林小筑推门而入。而实际上，他其实在门口已经待了有一会儿了，只是没有进来。

林小筑见我受伤，心里似乎有些着急，抬头，微皱着眉头看着我，眼中的认真是少有的。

"小猪，其实不是特别疼的，一点儿都不疼，真的。"我那样说，完全是想让林小筑心里放心，其实伤口划开了很大一个口子，并且此时正火辣辣的疼。

"别瞎说了，我受过的伤比你吃过的饭还多，疼不疼我还能不知道？"他的声音让人不能拒绝，又那么严肃，却让我听得无比温暖，简直比冬日的暖阳还让人温暖。

"我带你去医院包扎一下吧，感染了好起来就麻烦了，趁现在去消消毒。"

我眉头紧皱，很害怕，害怕此时被带去医院，我讨厌医院的感觉，更讨厌消毒水擦在伤口上扎人的感觉，虽然它是治病的，却太疼了。"我不想去，不去可以吗？我在家包扎一下就好了。"

"不行。"

我几乎要沉浸在这温暖里的时候，忽然听到了莫西一的声音。他沉默地低着头，看着一片狼藉的地面，他本来在离我很近的地方，却在林小筑进来以后，站到了一边，似乎他并没有站在我身边的资格和理由，似乎他理所当然地应该让到一边。

林小筑并没有察觉当时莫西一的表情，但是我却看得很清楚。

他的表情是：原来我并不需要出现，又或者是，其实我只是个多余的人。

可是，你知道吗，莫西一，就算时光重来一次，我依然想不计代价地在那一刻见到你，看到你脸上微微失落的表情，让你知道，被冷落到底是一种什么滋味，而我又是怎么在屡屡被冷落的情况下艰难地生存着。

你大概是觉得自己的存在感被刷得太弱了，所以此时忽然开口："林小筑，如果你真的喜欢她，你就告诉她，别等到错过了后悔莫及。"

林小筑一愣，沙哑着嗓子："你说什么？"

"面具戴久了，就什么都看不到了，别人也看不到你的真心，别等失去了才知道珍惜……"

莫西一脸上的表情是落寞的，语气却是语重心长的，而我听在心里，却有一点莫名其妙的伤感，想问他为什么会说这样的话，可是话哽在喉头，终究还是咽了下去。

林小筑苦苦一笑，从我身边走开，走到了莫西一的跟前，他与他对视，两人的目光都像剑一般直指对方的瞳孔，我盯了良久，心里直发毛。

我无法探知当时他们两人的内心世界，而所有的声音就在林小筑那句"你又何尝不是"中戛然而止。

他们没有人再说话，我甚至停止了呼吸，那些凌乱的碎片安静地躺在地上，角落里，所有的一切都静止着，像是尘埃落定了一般。

可我的内心却掀起一片波涛汹涌。

为什么林小筑会说"你又何尝不是"？

为什么他说完之后，莫西一整个脸都变得焦虑不安又失落起来？

为什么，我的心脏跳得那么剧烈？

那么，林小筑的意思是，莫西一的心里也有我吗？

我还是去了医院，不过主要目的不是要给自己包扎伤口的，是去接叶碧含出院。我进去病房的时候，她收拾好了病床，正在整理自己的衣服，我走了进来，阳光透过窗户正好打在她的脸上。

这样看上去，她好像还是曾经那个温柔美好的女孩儿，只是脸上的笑容却没有了，那个有着那么好看的容颜，那么善良，一心只知道为别人考虑的她，却非要被生活戏弄一番。

好在，老天有眼，手下留情，没有毁掉这个女孩。

希望从今往后，她可以平安喜乐，健健康康。

· "小含，出院手续我已经办好了，咱们走吧。"

叶碧含："青桐，谢谢你在，有你陪我，我才能挺过来。"

"别想了，多大点事儿，你该庆幸，这么早认清了他的嘴脸，以后一定要躲着他了。"

"我以为，他只是喜欢我，并没有什么坏心思，可谁知道，人心这么难测。我几乎都要信任他，把他当成可以相信的朋友了……"

她依然是一肚子的委屈，而我又何尝不是满心的烦乱，但是关于干洗店被砸，关于受伤的事我还是只字未提，我拉起她的手："小含，我订了包间，我们去唱歌！"

她没有精神，但我还是强行把她拽了过去。

叶碧含，烦恼要大声喊，才会消失。

我们一起去唱了歌，我点了《致青春》，她点了《被风吹过的夏天》。

你看，我们都在怀念，怀念那个骄阳的盛夏，那个一切都还没有开始的时刻。

怀念那个无忧无虑的过去，那个时候的我和她还是没心没肺的样子，她在天天忙着躲避桃花，我时时刻刻围着莫西一转。

没有任何结果，却很快乐。

可如今，似乎很多画面都已经尘埃落定，却变得不开心了，一切却变得忧伤起来，夹杂着让人看不透的雾气，而我们所有人都被这些雾气笼罩，看不到过去，更看不到未来。

"程青桐，你的手怎么了？为什么受伤了？"叶碧含发现我受伤之后急切地问道。

我遮遮掩掩，随意敷衍着："那天干洗店的玻璃打碎了，不小心划伤的……"

而今，就连对她我都不能去坦诚相待。虽然是善意的谎言，但让我憋着一件事情不告诉她，其实真的还是挺难的，因为我从来没有瞒过小含任何事。不论出于什么原因，从来都没有瞒过。

但现在，叶碧含，就连我们，都不能事事坦诚了。

后来我带她去了我们最爱的那家烤肉店，重走了校园熟悉的小路，找寻了一些记忆中的画面，也放慢了生活的步子。

可终究，生活还是要向前，所有的故事还是要继续。

第七章
属于你的我的青春

雾色青桐

　　蔡其航打来电话的时候我正在床上发呆，看到他的名字闪烁在我的手机屏幕上，我才意识到，其实有很久都没有见他了，偶尔上游戏的时候，他总是不在，看来工作以后的他，是比较忙的。

　　"喂？工作党，今天怎么有空给我打电话了？"虽然是好久不见，却是那种接起电话可以把问候都省略的朋友。

　　"学生党，你不忙不也整天都不给我打个电话吗？"熟悉的声音，莫名的亲切，虽是在责备我，却听不出任何责怪的意思。

　　"怎么了，今天给我打电话是有什么事儿吗？"

　　"晚上陪我喝一杯吧。"听得出来，这个时候他心情不好，很失落。

　　我没有多问，只是说了一声"好"。

　　挂掉电话之后，我缩在了床上，双手紧紧地抱着自己的膝盖，好像这样可以让自己更安全一点，好像这样就可以不受到任何打扰和伤害。

　　他说一起吃饭，我心里就莫名地特别慌，好像什么事情就要发生了一样。

　　我们去了一个音乐酒吧，不是很吵很喧嚣的地方，却可以在昏暗的灯光下尽情难过，也不需要遮掩自己脸上的情绪，没有人能看得清你的脸和你脸上的难过。

蔡其航端起酒杯，猛地喝了一口之后闷声说道："青桐，我分手了……"

我脑袋先是一懵，本以为他应该只是和贺欢欢吵架了，却没有想到会这么严重。

"蔡其航，两个人在一起，本来就是分分合合，你别太难过，说不定明天就会和好呢！"我故作轻松，想尽力安慰他。

他苦笑一下，无奈地说："不可能的，我了解她的性格，她是不会回头的。"

我想起了那日见到的贺欢欢，一个看起来天真善良的女孩儿，而蔡其航又是出了名的好男人，我实在想不出他们为什么要分手。

他抬起头，灯光昏暗，却依稀可以看清他的眼里布满了血丝。他深吸了口气，胸口似乎还在拼命地压抑着情绪："青桐，生活太难了，我刚工作，挣得少，日子过得苦……可是贺欢欢……她过不了苦日子……"话音一落，他嘲弄地一笑，好像是在嘲笑自己的无能，又好像是在嘲笑爱情的脆弱。

我无法去猜测他们因此分手以后会不会嫉恨对方，但我清楚地知道，被心爱的人放弃之后的感觉，会很疼，很疼很疼。

"蔡其航，别说了，来，喝酒！"似乎所有的安慰都变得很无力，我只好端起酒杯，朝他举了过去。

他抬头朝我直笑，这笑脸看在眼里，却让人心疼。

"她毕业之后考了研，她真的很优秀，也考上了，之后她要继续读书，可我那点可怜的工资根本就不够维持我们两个人的生活……为此，我们吵过太多次，真的太累了……"

他的脸在酒精的刺激下有些微微发红，脸上的失落渐渐变成绝望，绝望又变成了失望，他说："青桐，我和她说了，我会努力，会让她过上好日子，可是她连这个机会都不给我，她说她看不到未来……"

我木然。

为什么像我这种只要爱情不要面包甚至豁出一切的人连一个爱的人都没有，而那些被深爱着的人连承受一点点风险的勇气都没有。

"你别说了，从现在起，不许谈爱情，那玩意儿不要也罢，你再说一句我抽你！"我放出了狠话，可莫西一的脸又在我跟前晃来晃去，酒劲儿渐渐上来，我们两个像是被这个世界抛弃的流浪的人一样，各自哭诉。

虽然我说了不许再谈爱情，可蔡其航张口闭口都是贺欢欢，过去的贺欢欢、现在的贺欢欢，甚至都幻想了未来贺欢欢嫁给他作为人妻的样子。

我嫌弃过他之后忽然觉得自己真是可悲。

关于莫西一的过去、现在和未来，我都谈不上任何拥有。

我始终不过是一个局外人。

我见证了蔡其航从分手到振作的全过程，他也占据了我大部分的时间，不是陪他喝酒就是陪他打游戏，哥俩好估计说的就是我们，让我暂时没有工夫想起莫西一。

如果不是温柔病重，我想我还会过那么一段游戏人生的日子。她的病情忽然加重完全出乎我的意料，我以为在莫西一的帮助下她会慢慢好转，却没想到反倒是加重了。

我去医院看了她，她的齐刘海儿在她的额前零散着，不再像以前一样整整齐齐地排在额前，乌黑的头发，漆黑的眸子，灵气逼人。她的眼睛微微地有些红肿，像是哭过，但是此时却神情安宁，带着微笑。

我上前一步，坐到了她的身边，她抬起了手臂，我将手伸了过去，她握着我的手，眼睛看着我的手指，之后又将目光转向我，澄澈的大眼睛，十分惹人喜欢。我想，如果不是因为莫西一，我应该会和温柔成为无话不说的好朋友。

"青桐，对不起。"她的声音很虚弱。

一上来就道歉，搞得我一头雾水："温柔，你和我道什么歉？你又没有对不起我的地方。"

她的眉轻轻皱了一下："西一他，其实并不是真的喜欢我，他只是把我当成了他的妹妹，他想保护我而已。"

我笑了笑："怎么会，他那么关心你，怎么会不喜欢你。"

"青桐！"她的手用力握了握我的手，"他喜欢我，但不是男女的那种喜欢，可是我……却借自己生病，把他绑在了我身边，害得你没有办法和他在一起……"

我忙说："温柔，你别误会，莫西一他本来也不爱我，这和你没有关系的，你也不用对我愧疚，你不欠我什么，你现在只要安心养病就好，其他的什么都别想，知道吗？"

她低垂下眼皮，不再看我，轻轻地叹了口气，别过了脸。

我反握了她的手，轻声在她耳边说："温柔，其实你知道吗，我特别羡慕你，因为你在最美的年纪，等到了最爱的人。这世上还有比这更美好的事情吗？"

她忽地扭头看我，一双眸子里几乎瞬间噙满了泪和感动："谢谢你，青桐，这是我听过的最好的安慰。"

可是温柔，你知道吗，这并不是安慰，这是你真实拥有的爱，要不是你真正地拥有，我又能从何安慰呢。

你又何尝不是我羡慕的人呢……

等她熟睡之后我才离开，她只是和我说了一会儿话，便已经疲惫不堪，身子虚弱，病情加重到这样的地步，是我远远没有想到的。曾经那个如诗如画般的女孩儿，只有一年多的时间，便成了现在这个样子。想起第一次见她的样子，还是会不禁唏嘘。

温柔，我很希望我能是你，我很希望能和你互换一下角色，哪怕只有一天、一个小时、一分、一秒……至少我可以名正言顺地让他爱我，我可以大大方方地在他的唇上留下一个吻。

如果有如果。

可是，上帝总是公平的。它给了有些人爱，却不给他足够的时间去爱；它给了有些人时间，却不给他爱；它给了有些人爱和时间，却没有教会他们去珍惜……说到底，总归是缺憾多过了生命，让每个人都留下了遗憾。

可是为什么，就不能都拥有呢。

还是人心难测，我们奢求的太多，太贪婪了……

大概只用了一周的时间，我和温柔再次见面，却是在她的葬礼上。命运太会捉弄人，让每个人看起来都像是傻瓜。

很多人哭红了眼，很多人哭花了妆。可是莫西一，却始终呆呆地站在她的遗照前默不作声，笔挺的黑色西装将身子拉得老长，眼眶下浓重的黑眼圈像是打了眼影一般，目光空洞地看着那张黑白的照片。

照片里的她笑得很开心，一排洁白的牙齿下有两个好看的小梨涡，眸子漆黑，上帝给了她一张甜美的面容，却没有给她足够的时间。

我和莫西一一同出来，像是约好了一般，只字不提感情。

每个人的心中都有伤，每个人的心中也都有无奈，既然无法开口，那倒不如不说。

嘘寒问暖，一阵回忆之后，我们便各自回到了自己的生活当中。

此时的我似乎看开了很多，也不再去拘泥于某些情感，叶碧含也逐渐从上次的阴影中出来，终归是要回归生活，还是要重新开始的。

也许青春，也就是这样吧，谁的青春又能没有缺憾呢？又或许正因为有缺憾，才更加弥足珍贵呢？

本来在自习室上自习，准备考试，抬头伸了个懒腰便看见了蔡其航。他朝着我招招手，开心地笑了笑。

我有些惊讶，但还是笑着回应了他，从教室出来。

"你什么时候来的，怎么来了也不说一声，今天不用上班的吗？"

"我刚过来，叶碧含说你在这里，我就过来找你了，我刚辞了职，以后也不用上班了。"

我一惊，立马开始酝酿悲伤的情绪，却被此人无情打断。

"先别急着说话，我打算去B市创业，沿海城市，总会比内陆多一些机会的！"

我眼睛瞪大，嘴巴估计都能把他拳头吃下，我并没有想到他会做出这样有些不可思议的决定。

"蔡其航，你不是在逗我吧！"

"我是认真的，明天的飞机，走之前想来看看你，也想谢谢你，其实这些天来，多亏你一直陪着我。你也知道，男生之间总谈论这些他们不明白，也会不耐烦，幸亏有你这个朋友，让我走了出来！"

我有些不好意思："嗨！这是什么话，你这么说可就见外了，不过你真的要去外地啊？"我推了推他的肩膀，表示出一副理所当然的样子。

"青桐，我是认真的，生活中不仅有爱情，好男儿志在四方，我应该好好珍惜当下的时间。"

他这番话实在是励志，一改往日颓废的样子，他能振作起来我真心替他开心。

"蔡其航，既然你已经下了决心，那就一定要闯出名堂再回来！"

"那是当然！"

他脸上挂上了明媚的笑容，那是我见过的最励志最笃定的笑容。从没有见他在受过伤之后还能笑得那么坚定。

我和他漫步在校园，说了很多话，好的坏的，有用的没用的，统统都说了个遍，这种畅所欲言的样子让我知足，让我欣慰，我说："蔡其航，你以后要是发了财，或者混出了名堂，到时候可别忘了我，我找你借钱的时候你让你家保姆出来打发我啊……"

他哈哈一笑："放心放心，到时候绝不可能让保姆出来打发你，保姆那么忙怎么顾得上，肯定是让保安打发你啊……哈哈……"

我气急，追上去就打他，这小子闪得太快，没被我打着，于是就在校园里追打起来……

你看，阳光明媚，岁月安好。

你看，笑声依旧，青春仍在。

第二天，我去机场送他，并把自己攒下的几百块钱塞进了他的包里，他并没有察觉——出门在外，肯定会需要。他很轻松地拥抱了我，我拍了拍他的肩，告诉他一定要珍重。

他点点头，抬眼看着我，用一种很坚定的口吻说："程青桐，不要辜负时光。"

说罢，他转身离开了。

程青桐，不要辜负时光。

他甚至不需要说多余的话，我便知道他想说的下一句是什么。

不要辜负时光，去做你想做的事。

再见，蔡其航，一路顺风。青春岁月里，你是一名勇敢的勇士，勇士不会被命运安排，你一定会得到自己想要的一切。

温柔走后，我以为和莫西一再也没有交集，他也即将毕业，离开是迟早的事情。到了那一天，该是我们缘尽的时候了。

这天，他却出乎意料地约我到餐厅见面。

他穿了一件黄色的卫衣，这种颜色的衣服很少会出现在他身上，一般来说他只肯穿颜色偏暗的衣服。所以今天在餐厅看见他时我眼前一亮，有些好奇。

他见我面露疑问，张口说："怎么样？这个颜色穿着，还合适吗？"

我木木地点了点头，想起了我曾经问过叶碧含，莫西一总穿黑色白色的衣服，穿其他颜色的会不会好看。

而此刻，他变成了我想象中的样子，就坐在我的面前，我却没有了当时的兴奋。

"合适，很合适。"

最后也只剩下了很平静的"合适"二字。

他轻叹口气："程青桐，原来你也可以变成这么安静的人。"

听了这句话我莫名其妙地有些难过，是啊，我竟然也可以变成这么安静的人。

"哦，大概是最近有点累了。你找我，是有什么事儿吗？"

"我妈快过生日了，我……不知道该送些什么给她，每年送给她的礼物她都好像不是特别喜欢。你的点子多，所以想问问你。"

"哦，原来是这样……那你直接打给电话不就好了，还需要这么费劲……"

场子略略尴尬了一些……

这个时候突然看见林小筑和几个朋友搭着伙朝着我走了过来，大概也是来这家餐厅吃饭的，我好久没看见他，见到之后有种老友重逢的感觉。

我朝着他特别开心地招了招手。他反倒是没有任何开心的心情直接掠过了我。

"莫西一，你这旧人去不久，又有新人笑，情感生活挺丰富的啊！"

我这心好像忽然掉进了冰窖里，看着他一副冷嘲热讽话里带刺的样子不禁失望。

莫西一这个时候一反常态，没再沉默："林小筑，你说话注意点，你自己没种，反倒是现在把脏水泼到我身上来了……"

"你说谁没种！"林小筑的脾气我清楚得很，一个字儿不对就能引爆他的人这个时候怎么会老实。他边说边上前推了莫西一一把，莫西一还手，我担心他们俩真的打起来，便赶忙上前拦架，大声地喊着："不要打了，有什么事情不能好好说！"却不料拳头砸在了我身上，莫西一见我受伤，赶忙将我护住，拉到了一边。

林小筑见我和他站在一起，脸上忽然黯然失色，转头便走。

虽然当时场面形成了一对二，而我这种战斗力根本就可以忽略不计，而让林小筑转身就走的原因，大概是嫌我没有和他站在一边吧。

莫西一关切地问："青桐，你没事儿吧？刚刚你完全没必要拦，我不会受伤的，以后不要再这么冒失了。"他就站在我面前温声细语，可此时的我却再也无法欣喜起来，只是朝着他点了点头。

"莫学长，我没事儿，礼物的事情我今天回去帮你好好想想，之后会打电话告诉你的。"

回去之后我给林小筑打了电话，想和他解释今天的事情，我并不是在和莫西一共同针对他，可这厮脾气偏，反倒是没有接，我便索性不再理他。

叶碧含一直在忙着收拾东西，也不知道要干吗，我刚想开口问她，她却说话了："青桐，如果最后一年的大学生活，我不陪着你，你能不能自理啊？"

我以为她只是随口说说，所以也没什么正经地回了她："当然不能，没你伺候我，我怎么上厕所吃饭洗澡啊！我肯定会茶不思饭不想夜不能寐啊！"

她扑哧一声笑了："你就会卖嘴皮子，看见你这个样儿，我也放心了……"

我这才忽然意识到，她并没有和我开玩笑，好像是认真的，我跳下床，趴在她跟前，逼问她："叶碧含，你给我说清楚，这件事情到底是怎么回事儿！什么叫你就放心了？"

她放下手头的东西，转过脸来，一脸凝重，一脸不舍："青桐，我和学校申请了三加一，最后一年，我要到国外留学。这件事我已经和家人说过了，我爸妈也都同意了，他们也很希望我能出去看看……"

我淡淡地"哦"了一声，与她四目相对，谁都不说话。

沉默半晌。

"小含，这件事情你为什么不提前告诉我……"

她抬头，似乎听出了我语气中的责备："青桐，你别生气呀，我是怕你不同意我走，如果你不同意我可能就会心软，我一心软可能就真的走不了了。"

"你不说又怎么知道我不会支持你，我什么时候成为你的绊脚石了。"

雾色青桐

我扭头，一屁股坐到她的床上："我是担心你一个人出去了受欺负，你不想想上次……每次都是我帮你处理事情，如果你在外遇到什么解决不了的问题，姐姐我能不担心吗？"

她见我只是担心她，并没有责怪的意思，表情也变得轻松起来，她说："放心吧青桐，我也不能什么事情都靠你来解决吧，这次出去我也想好好锻炼一下，不能总在你身边当三岁小孩儿吧。"

"我在你跟前才是只有三岁呢，什么事情都需要你来拿主意……"

完了，场面又伤感起来了。

"问世间情为何物，直叫人生死相随！"

"行了行了，你可拉倒吧！"

那晚我和叶碧含一直聊到深夜，几乎从谁先断奶，聊到了未来八十岁，我们都没有牙齿的时候还这么对着对方傻呵呵地笑，还这么彻夜长谈。

夜很静，岁月很长，我们的友谊，便永恒存在。

我发了一条信息给莫西一，短信上的内容是：莫学长，其实送什么礼物不重要，只要是你用心准备过的，莫伯母一定会喜欢的。你之前送的花太不实用，香水她也用不到，不如你自己做一份蛋糕，亲自送给她吧。

而这一次，我得到了回应。中间大概只隔了十几秒的时间。

当我看到这条短信的时候，我只想流泪。不是因为短信的内容有多感人，而是这么久以来，我第一次等来了回应。

就像是你很想吃一块蛋糕，却没有钱买，你对这块蛋糕朝思暮想，做梦都想吃到。终于有一天，你攒够了足够的钱，买下了这块蛋糕，你首先感受到的情绪不是欣喜，而是想要流泪。

而你尝的每一口都会让你想起你曾经为这块蛋糕的努力，你会想起心酸的过往，而这些情感过去之后，才是满足。

136

他说："谢谢你青桐，我知道了。"

良久，我才从这种感觉中走了出来，叶碧含看着我的样子有些奇怪，她问道："青桐，你怎么了？"

"没事儿，我想吃意林家的蛋糕了。"说罢，我笑了笑，带着这个美好的梦入眠。

这天，我匆匆赶到莫西一说的酒吧之后，心里一直很慌，担心他会出事。所以刚接到他在酒吧喝酒的电话之后，我放下手里的书，转身就跑，几乎是不敢有半点耽搁。

酒吧里人潮涌动，想要找到一个人太难，而且音乐太吵，打电话也根本听不见，我只好挨个找，不敢错过一个人。

终于在角落发现他时，他已经喝得烂醉了。

那是我第一次见到了一个不一样的莫西一，像个孩子一样朝我撒娇、胡闹。他看见我以后，朝着我伸出手臂，把我拉到了他跟前，胳膊被他触碰的瞬间，我整个人都僵硬了，从来没有和他这么亲密地接触过，也从没站到这么近的位置去看他，甚至都能感受到他的呼吸。

"青桐！你怎么来了！来，坐下陪我喝一杯！"

他一定是喝得太多了，才忘记刚刚给我打过电话。

"莫学长，刚刚是你给我打的电话！你为什么喝这么多酒，会伤身体的！"

看他变成这个样子，我的心里还是会隐隐作痛，大概是因为心里藏了太多的无奈和痛苦，才会有今天的喝酒买醉。

"青桐，你……坐下。"他的眼睛几乎处于朦胧的状态，估计这个时候看到的我都有两个身体，抓了好几次都没有抓住我的手，我只好伸了过去。

我顺从地挨着他坐下，把他酒杯里的酒一饮而尽。

"莫西一，你有什么话，有什么委屈，就说出来，不要一直憋在心里，也不要让自己这么颓废，你这个样子，我不喜欢。"

你这个样子，我不喜欢。

他听到之后，身子微微一愣，低下了头，端起空杯子朝着自己的嘴倒了几下，发现什么都没有，用力地把杯子磕到了桌子上："程青桐，他们又复婚了。"

复婚？

复婚！

他的爸爸妈妈又复婚了。

我不知该安慰他，还是该祝贺他。我支支吾吾地说："那很好啊，最终还是有情人终成眷属了，你该高兴啊！"

"高兴？哈哈……我真的该高兴吗？高兴什么？高兴我爸那个所谓真爱抛弃了他，他才发现真正应该值得珍惜的是我妈吗？还是应该高兴我妈因此落下了病根根本就不能完全康复呢？"

句子太长，待我反应过来之后，才知道复婚这件事，不管存在还是不存在，都是一件伤人的事情。

"把裂缝修好，重新贴上好看的贴画，伤口就不再存在了吗？婚姻就能一切如旧吗？在外面玩乐，受了伤才知道回家，这就是对婚姻的忠贞吗？太假了……太假了……"

可是莫西一，你是高高在上的莫西一，你不能这样，你不要这样，我不希望你这样。

我情愿你还是那个严肃冷淡的你，也不希望你是现在这个脆弱不堪的你，我不想让你难过，不想让你受伤，这样的你让我心痛，让我跟着你无法不难过。

"西一，你不要这样……其实爱情本来就不是一件简单的事，婚姻更不易，总会出现这样或者那样的问题，而经过磕磕绊绊最后能走到一起的才是真正合适的人。"

他摇了摇头，似乎没有听我说话："我暗恋的女孩儿叫小暖，她和你一样，很喜欢笑，笑起来的样子很好看，每次看着她笑我总会不由自主地被感染，想要跟着她一起笑，我常常喜欢坐在教室的窗前偷看她，看着她笑着从我的窗边经过，那是我每天都要做的事。可是那天，我等了她很久，她都没有来，一直一直都没有来。后来我才知道，她出车祸了，她再也不会笑盈盈地出现在我的窗边了……"

我坐在他身边，却像和他隔了一条银河的距离，我走不进他心里，因为他的心里塞了太多的东西。

"温柔死的时候，我特别害怕，特别……我害怕生死的分离，更心疼她，一生下来的时候，就被宣判了死刑，这种感觉除了她自己清楚，就是我更明白了。医生说她活不过二十岁，在她父母的悉心照料下，才维持到现在。她离开的时候一直握着我的手，那眼睛里太多的难过、不舍、释怀还有希冀。我情愿死的是我，真的，为什么死的不是我。"

他的语气变得激烈起来，敲打着桌子，我默默地给他的杯子添上了酒，也给自己倒了些，我一直没有说话，听着他讲着那些故事，那些我知道的和不知道的故事。

人们说，一个人受伤的时候，是不会哭的，他会撑着，会独自挺过去。但是当有人安慰他的时候，他会瞬间崩溃，释放出自己的情感。

而我，就是那个安慰莫西一的人。我的存在，就是一种安慰。

那是不是说，其实在他心里，我很重要。

"带着这些痛苦过了好久，沉浸在小暖的笑容里也有多年，我曾经以为，我再也走不出来，我会一直在她的世界里沉沦下去。可是……"莫西一忽然抬头看我，眸子里竟是数不尽的温柔。

"可是我却遇到了你，一个那么特别的你。你常常风风火火地出现在我的生活里，你帮我打水，又抢着帮我打饭，甚至开会的时候冲着我傻呵呵地直笑……我一直都不知道，其实我还可以接受别人的爱。我希望你一直都在我的生命里就这么吵闹着，但我却不能去好好地爱你。"

我希望你一直都在我的生命里就这么吵闹着，但我却不能去好好地爱你。

一句多么讽刺的话。

一句多么伤人的话。

"那段时光，真的很温暖，很美好，我一度以为我就要变得明媚起来了，我以为，我就要走出阴霾了，可是这个时候，温柔死了。一个和我一起长大，深爱我的人忽然就离开了，心里好像忽然缺失了一大块儿，青桐，你能明白这种感受吗？"

莫西一，我明白。

我知道这种感觉，叫绝望。

而我，终究被你埋葬在这绝望里，再也没有出现。而我为你做的所有事情，就此成为虚无。

"程青桐，你真的很好，很好。可是，真的真的，对不起。"

我的眼泪瞬间夺眶而出，吧嗒吧嗒地往下掉，像是断了线的珠子。

"你无所畏惧地朝我走了99步，对不起，我却选择了退后一步转身离开。"

抽噎，颤抖，像是无尽可怕的魔咒。

他一杯一杯地喝着酒，我坐在他身边不停抽泣。耳畔一直都是他的声音，他讲的每一个故事都在我耳边一个个地回放着，尤其是最后一句话。

你无所畏惧地朝我走了99步，对不起，我却选择了退后一步转身离开。

"莫西一，如果不是温柔突然离世，你会接受我吗？"我停止了哭泣，转过身体，看着他。

他的动作在我的话说出的瞬间停止，他的眼睛直视着前方，眉头皱得很紧，我不知道为什么我要问这个问题，也不知道现在问这个问题还有什么意义，可是话就在嘴边，脱口而出。

他不出声，偏头看我，脸在酒精的作用下变得通红，双眸明亮，像是夜空里闪亮的星星，睫毛忽扇着，眼皮很重，好像得用力才能支撑着。

他微微点头。我啜泣而笑。

没有人明白在哭泣中而笑的感受，只有我懂。

因为那段我付出艰辛与真心的爱情里，他曾动过心。

我扶着他出了酒吧，他摇摇晃晃，我站稳都难。坐在街边，我恍惚想起了曾经。

那日温柔与他告别，我伤心过度，喝酒买醉，也是在这条街上摇摇晃晃地走着。

曾经是因为你而醉，现在是陪着你醉。

莫西一，你看，过去和现在，都是因为你。

莫西一，你看，我的整个青春里，都是你。

莫西一，什么时候你能为我走出那最后的一步呢。

夜晚风凉，我扶起了他，摇摇晃晃地打到了车。你的眼睛紧闭着，睫毛在脸上投下暗影，你睡着了，我还清醒着，这个城市还清醒着，而会痛的，总是那些还没有被麻醉的人，看着车窗外的灯红酒绿，感慨万千。

　　青春这趟列车走了好远，一路上风景无限，而我早已从最初热热闹闹上车满心期待的样子变成了如今遍体鳞伤心事重重的我。

　　可是当我看到旁边的这个男生时，我忽然觉得幸运，幸运有他，给了我那么多酸甜苦辣的感受，幸运有他，让我的青春不至于白白走这一遭。

　　我缓缓地伏到他耳边，对着他的耳朵，轻声说了一句："莫西一，我爱你。"

　　不论你能不能听到，从今往后，都已经不再重要。

第八章

我多么希望，美梦成真

雾色青桐

　　叶碧含出国倒计时只剩下了三天，她整日忙碌准备，到现在基本上东西都已经打点好。

　　近来她常常说的一句话就是："好了好了，这些不用带，我是去国外又不是去太空，没有也可以买。"我陪她在家收拾东西的时候，每隔十几分钟就会听见她和她妈说一遍这句话。

　　可是她妈说的也对，本来就是背井离乡到那么远的地方去，肯定会牵挂。

　　收拾之余叶碧含说："青桐，我们出去走走吧。"

　　"好啊，你想去哪儿？"

　　"我想去这个城市最高的地方，好好看看它，或许离开的一年，我会很想念呢。"

　　吃完晚饭出门的时候，天已经黑了下来，马路上却灯火通明，连星星都看不见。我们一起去了学校的天文台，据说从那里能看到这个城市最美的风景。

　　本来就是在放假期间，又是在晚上，所以整个校园静得出奇，此刻，有一种这个校园属于我俩的感觉。

　　天文台的台阶上蒙了一层灰。我俩蹑手蹑脚地爬了上去，门口的锁链可

144

以撑开一个口，刚好够我们钻过去。

跳过一个栅栏，跳到了看台上，瞬间，很多风景尽收眼底。在这里生活了这么些年，第一次觉得这个城市美不胜收。

"程青桐，给你点个赞，幸亏你记得这个地方，不然这么好的风景我就要错过了。"

我得意地一笑："有本女侠在，你什么都不会错过。"

我踮起脚尖，做了一个拥抱星空的姿势，耳边咔嚓一声，我猛地扭头。

"青桐，喝一杯吧！"

是叶碧含拉开了一瓶啤酒。我心里一乐："你想得还挺周到的嘛！不过出国以后你可绝对不能沾这个玩意儿！"我接过了她递来的啤酒，里面发出嘶嘶的声音。

"好了，别婆婆妈妈了，再说耳朵都起茧子了，你喝还是不喝！"

我干脆地举杯，跟她响亮地碰了一下，啤酒的泡沫在舌尖翻腾，清凉的液体顺着胸膛流淌，叶碧含朝着我明媚地笑着，一切都没有变，我们还和曾经一样，一起身披着战甲，一起闯荡江湖。

我没有再提起与她即将离别的事情，也没有提起任何伤心的故事。我们默契地东拉西扯，只说那些快乐的岁月。

这样就觉得，好像青春一直都这么快乐。

叶碧含，有你在可真好，因为，有你在就可以把我这二十多年的生命串成一条不断的线。

我错过的岁月，你帮我经历；

我遗忘的时光，你会想起；

雾色青桐

我丢失的记忆，全都在你心里。

所以我想说，叶碧含，有你真好。

倒计时一天。

最近几天，我们已经彻底成了连体婴，形影不离。她说想送我一件衣服，我当然要帮她实现愿望，义不容辞地接受了。

之后，我们在商场挑了一套情侣装，买了同样的女款，穿在身上招摇过市。

一路上说说笑笑，毫无离别的感觉，也不会刻意地去想明天，当下才是我们最该珍惜的时刻。

谁都不知道意外和幸福，哪个来得更快。

去吃烤肉的路上路过施工的高楼，噪音大得让人心烦，我们捂着耳朵，低着头往前走。

谁也没想到，会有东西从高空中坠落……

谁也没想到，那东西正不偏不倚地朝着我砸来。

只是一瞬间的事情，我抬着头惊恐地看着那个东西朝着我直直地砸下，却忽然觉得身体一轻，朝着远处飞了出去。

"小含！"

最后一刻，是她拼尽了全力将我推了出去。她被东西砸中，一下便瘫软在了地上。

那一刻，好像全世界再没有任何声音，我的脑海里只剩下了叶碧含一个人，我朝着她扑过去……

　　她的头上淌出了鲜血，蹭到了我的衣服上、手上，还有心上……她双眼紧闭，不论我怎么用力摇晃她，她始终没有反应……

　　叶碧含，你说过，不管我什么时候叫你的名字，你都会答应的……

　　然而你却一直都没有听到，没有睁开眼睛，更没有回应我。

　　周边围了一圈人，有人打了救护车的电话，我就那样坐在她的旁边号啕大哭。

　　为什么砸中的不是我……

　　救护车赶来，他们从我身边把你带走，我的心几乎是被你一直揪着，你进了手术区，上面"手术中"三个字一直亮着。

　　我除了可以盯着那个灯在外等候以外，竟什么都做不了。

　　内心的恐惧一点点地吞噬着我，我害怕从今往后都再也见不到她。

　　我只觉自己浑身冰凉，在手术室的门口来回徘徊，从没有觉得，等待竟是一件如此难熬和漫长的事。

　　而"手术中"那三个字，像是警示灯一般，我常常盯着它看，刺得我双眼很疼，在避开它的时候，看向别处竟是一片模糊。

　　啪——

　　灯灭了。

　　我呆住，心一直在慌，医生从里面出来，满头大汗，眉头紧锁。

　　"医生！她是不是没事儿了！她是不是醒了！"

　　医生摘下了口罩，擦了擦汗。

　　我特别害怕他会说：不好意思，我们尽力了。

　　"我们尽力了，但她伤得太重，生命算是保住了，只是什么时候醒来很难说。"

　　我的嘴唇在发抖，医生已经转身离开了，我扑了上去，拽住了他的胳膊："医生，她会醒来的对不对，你说清楚，什么叫'什么时候醒来很难说'，你是医生，你怎么会不知道，你说清楚……"

　　"你冷静一些，这里是医院，请不要大声喧哗，还有其他病人……"

　　"其他病人我管不了！你快点把她给我治好……"我被人拉开，医生走远，眼泪早就已经模糊了视线，什么都看不见，在原地哭了一会儿，我才猛地清醒了些，站了起来，朝着她的病房冲了进去。

　　叶碧含，你要醒来，你一定一定要快点醒来。

　　我呆坐在她跟前，看着她没有血色的脸，不知道为什么会忽然想到温柔，想起了温柔走前和我说过的话，我心里很害怕，害怕小含就这么走了。

　　一直以来，在我面前的她都是活泼吵闹的样子，她从来没有这么乖这么安静地躺在我面前过，从入学一直到现在，仿佛做梦一般，发生了很多事儿，但又好像什么都没有发生，等她醒来我们还在高中的课堂上，还在艰苦地为高考奋斗着，我还没有遇见莫西一，她也没有在为出国做准备，一切的一切，都只不过是一场梦而已。

　　林小筑和莫西一一起赶来的时候，我正在发呆，看着她，想着过去的点点滴滴。甚至连他们进来了，我都浑然不知。

　　直到我的身边出现了一块儿暗影，我才发觉身后有人，回头的时候，看到了林小筑。他看着我红肿的双眼，想张口说话，可是支支吾吾了半天依然没有开口。

　　我不再看他，也没有理会一直站在床尾出神的莫西一。

林小筑："青桐……医生……怎么说？"

他大概是犹豫了很久才敢问出来。

"医生说，病情比较严重，什么时候醒来很难说清楚。"

我呆呆地向他们转述了医生的原话，每说一个字都觉得心疼得要命，我喃喃自语："为什么砸的不是我……为什么……"

刚想流泪，但我还是强忍着，站了起来，看了眼他俩。经过上次的冲突，我很难把他们俩放进一个和谐的画面里，今天难得地两人没有起冲突，竟然一起来了医院，好像成了一家人。

"你们坐吧，医生只是说不清楚什么时候能醒来，就说明她总会醒来的，所以……你们不要担心。"我说完这话之后，好像安慰到的是我自己。

莫西一的目光里都是忧伤，带着些暖意，似乎想要将我的担心驱走，想用他的眼神给我一点点的安慰，我朝着他轻轻地笑了一下，我想那个笑一定比哭还难看。

只是之后，我看到了他的微笑，嘴角向上，一个小小的弧度。这大概是我见到的他第一个主动送上的微笑。

我曾想过无数种他主动朝我微笑的场景。

比如他被我感动，他发现他其实真的爱上了我，然后冲着我笑。

比如在某个下雨天，我见他没有带伞，给他送去，他朝我笑。

比如我们最终还是走散，多年以后不经意的相遇，他对着我笑……

然而，都不是，我错了，我终究还是失算了。

叶碧含，我千算万算，都没有算到过你会受伤，哪怕我再也不能遇见他的微笑，我也不希望你会受伤。

我情愿那个被砸中的是我。

这样不仅你不会受伤，甚至莫西一还会有那么一点紧张。

这样该多好。

林小筑看见我又在发呆，便主动走上前，他轻轻地捏了捏我的手臂，温柔地说："青桐，没事儿的，小含只是累了，想睡个懒觉，等她睡够了，自然就醒了，我们一起等她醒来。"

我点点头，故作坚强："当然了，她一定会醒，我就要在这里一直等到她醒过来。"

有人砰砰地敲门，莫西一去开了门，一个身影冲了进来。

是易淡。

林小筑见来人是易淡，转身便要把他往外拉，可谁知那易淡力气贼大，扳着门死都不放手，莫西一虽然也知道易淡对不起叶碧含，但毕竟他是易淡的朋友，而且看来易淡今天也不是来闹事儿的，所以便没有插手。

我看着易淡失魂落魄却还在拼命的样子，实在有些不忍。

"小筑！别拦他！"

他们的动作随即停止，林小筑有些不懂，但还是慢慢地放了手。

"让他进来！"

我也不知道当时为什么会让他进来。按照常理，他害叶碧含住过院，又砸了我家的干洗店，还弄伤了我，我应该毫不犹豫地让林小筑把他拖出去，甚至看都不想看他一眼。

可此时此刻，我忽然觉得，曾经那些小打小闹都不算什么，而今，面对真正的生死，我们或许应该看开一些。

或许多一个人，就真的多一份力量呢！

或许多一份祝福，就真的会好呢？

面对着生死，我还有什么放不下，我们又还有什么仇和怨呢，一切也不过只是过眼云烟罢了。

易淡摇摇晃晃地走到了叶碧含身边，他伸手摸了她的头发，我没有上前阻止。他竟像个孩子一样抽泣起来，莫西一和林小筑出了病房，房间里就只剩了我们三个人。

或许，再坏的人也是有真心的，只不过他们把自己表现得太坏了。

这个时候医生来了病房，通知我们去听一下最后的结果，我三步并作两步，跟着医生到了办公室，易淡本来也要跟着，被我制止了。

"你留在这里照顾她吧，这里不能没有人。"

他点了点头，顺从地答应了。那个自私浑蛋的人，现在也变得如此听话了，我心里忽然有那么一丝的欣慰。

进了医生的办公室，看到了叶叔叔和叶阿姨眼睛通红，叶叔叔眉头紧锁，我心里有一丝愧疚，要不是因为我，小含也不会受伤。

医生一脸凝重，拿着检查的报告单说道："病人的情况比较严重，目前是植物状态……"

叶妈妈几乎要晕厥过去，我的脑袋嗡嗡作响。

"家属先控制一下自己的情绪，我们会竭尽所能去治疗她，也不排除可以醒来的可能，希望你们能配合。"

叶叔叔："配合，我们一定好好配合，只要能治好我的女儿，怎么配合都行……"

雾色青桐

我们的情绪都十分低落，出了办公室，我拦住了叶阿姨。

"阿姨，是我对不起小含，要不是因为我，她现在都已经到了新的学校，已经开始一段新的生活了。"

叶阿姨难掩心里的伤痛，但还是安慰了我："青桐，你也不必自责，那施工楼上掉下来的材料，怎么能是你控制得了的？"

"可是……如果不是小含及时把我推开，今天……躺在病床上的应该是我……"

叶阿姨惊讶地抬起了头，叶叔叔也很惊讶。

叶叔叔微笑一下："青桐，你别这么说，如果当时你是小含，你也会这么做的，在叔叔阿姨心里，你和小含一样，都是我们的女儿……"

如果当时他们打我骂我，我都可以接受，可是他们非但没有一句重话，反而安慰我。

我心里一时堵得慌，心口压着一块重重的石头，就连呼吸都变得好难受。

手机一直在震动，可我什么人都不想见，什么话都不想说。

我晃着身子，走出了医院的大门。

大概是老天也在同情我，此时外面正大雨倾盆，雨水模糊了整个世界。我就这样走进了雨中，和雨水混为了一体，雨水的冰凉很快浸透了全身，渐渐没有了知觉。

不知不觉间我走到了常和叶碧含一起去的一家咖啡店，因为下雨，咖啡店里的人似乎很少，从外面看进去，里面温馨而舒适。三三两两的好友坐在一桌，聊天喝咖啡，该是多么惬意的生活。

　　我把视线转到了我们经常坐的那个角落，叶碧含好像就坐在那个地方，开心地大笑着，还不时对着对面的我指手画脚，评头论足，那样的时光，好不快活。

　　可是当我仔细看过去的时候，却发现那里坐着的人并不是她，她的对面也不是我，只不过是两个陌生的女子在喝咖啡而已。

　　雨水太凉，衣服都已经湿透，我蹲下了身子，用胳膊紧紧地抱着自己的膝盖，头紧紧地埋在胳膊里。

　　听说鸵鸟遇到危险的时候，总会把头埋在土里，以为埋起头看不见危险，自己就是安全的，而现在的我，就是一只鸵鸟，自欺欺人是我唯一能让自己逃避的办法。

　　不知道自己就这样蹲了多久，漫长得像是过了一个世纪，我的后背传来一丝温暖，胳膊被一双有力的手臂拉了起来，是林小筑。

　　"程青桐！你非要这么作践自己吗？你知不知道所有的人都在找你！你就不能让我省点心吗？"

　　终于有人批评我了，我终于不用再一直自我批评了，这样很好。

　　我一直低着头，又哭又笑的样子好像吓到了他，他的手臂一紧将我拉进了他的怀里。我就这么任由他抱着……

　　他在我耳边说："走，我们回家。"

　　他拉着我刚要走，迎面看见了莫西一，我低头看了看自己的肩上披着林小筑的衣服，又看了看有些失神的他，想要解释，却又觉得身子抖得厉害，嘴唇也在发抖，根本开不了口，发不了声。

　　就这么任由林小筑牵着往前走。莫西一在我们后面默默地跟着，其实那个时候，心里很希望他能追上来，从林小筑的身边把我带走，带到他的身边去，很希望那个和我说"走，我们回家"的人能是他。

可是为什么，莫西一，你总是要晚一步呢？

为什么你从来就不知道争取一下呢？

为什么让你向我迈出一步就那么艰难呢？

林小筑一直把我送到家，我妈一直在门口等着我，不时地看着门口，见我回来之后，心疼地把我拉进了屋里。

"你这孩子，下雨了怎么还在外面走来走去？怎么也不打个伞呢？越来越不听话了，快进来换个衣服……"

老妈仍然是那个絮絮叨叨的样子，从未改变，只是我没有力气再和她像曾经那样斗嘴了。身上的水一滴一滴地往下掉，老妈拿着毛巾把我包裹起来，我还是每隔几分钟就打一个喷嚏，根本停不下来。

林小筑忽然把手放到我的肩膀上，我不得不抬起头看他，他的目光难得这么温柔，那个一向都是飞扬跋扈霸道多情的他，此刻就深情款款地站在我面前。

不得不说，这个样子的他真的会打动人。

他把我拥到了他的怀里，很用力地抱着我，似乎只要稍不留神我就会走掉一般。

他的臂弯很有力，身体的温度一点点温暖了我，刚刚还冷到发抖的我，此刻竟缓解了许多。

"青桐，别这么折磨自己，你这样，我会很难过。"

我的身子忽然一僵，本以为他只是想单纯地安慰我，可是此刻他要说的

154

话，我心里已经大概有数了。

我吃力地将他推开，他有些不情愿，但我还在挣扎，他便放开了我。

"青桐，我不得不承认，我已经喜欢上你了，并且从很久前开始就已经喜欢你了，我从来没有对一个女生这么用心过，你是第一个，你自己想想，如果不是因为你，我何必大晚上地救你，还不碰你一下；我又何必帮你找那么多兄弟揍那个易淡；我又为什么看见你和莫西一在一起莫名其妙地就来气……青桐，如果你愿意，让我守护你，我不会让你受到一点伤害！"

我低下头，沉默了一会儿。

或许听到男生这样对他心爱的女生表白很正常，可是如果这个男生换成是林小筑那就不一样了，他向来都只知道游戏感情，此刻能说出这样的话，让我不禁吃惊。

"小筑，我的心在哪儿，你是知道的。"

我把掌心按在了我的心脏上，感受着它的跳动，看了一眼窗外，我对他说："这里早就已经有人占据了。"

窗外，一个人的身影孤单地立在那里，雨水模糊了他的面容，打湿了他的衣服，可是无论视线多么模糊，我还是可以清晰地辨认出就是他，莫西一。

无论是在人潮涌动的人群里，还是在这倾盆的大雨间，我总是可以这样一眼认出你的身影。你略显孤单的背影，棱角分明的侧脸，干净好闻的味道，曾不止一次入到我的梦里。

这便是我无法忘记你的原因。

可就在这个时候，你却又一次转身离去，我不明白，为什么已经到了身边，还是不肯到我身边来，哪怕是看一看此时的我，说一句不咸不淡的安慰，就这么简单的事，你还是做不到。

林小筑的视线飘到了窗外，他看见了莫西一刚刚就站在那里，也看见了他转身离去的背影，当他转回头再看我时，我的脸上早就已经写满了悲伤和难过。

他失望地笑了笑，从我身边走过，离开了。

我看着他们离开的背影，心里一阵绞痛，像是被刀割一般。老妈见林小筑走了，这才从旁边走到我跟前，她一向是个不懂安慰的人，只知道唠唠叨叨说些婆婆妈妈的话，可是此时我并不需要安慰，我只需要她在我身边就好。

只要她在，就是对我最好的安慰。

我终于可以肆无忌惮地、无所顾忌地大声哭了。我趴在老妈的肩膀上，任凭眼泪流淌，她瘦削的肩膀此刻成了我最踏实的港湾。

"为什么？为什么成长这么艰难？"

"爱情不是甜蜜的感觉吗？为什么我感受到的都是疼痛？"

"妈，原来成长，是一件这么痛的事情啊！"

轰隆一声，外面响起了雷声。

雨越下越大，眼睛觉得肿胀，似乎快要睁不开了。老妈心疼地拍着我的背，她轻声说："小桐，不要怕，妈妈在呢。"

我本想止住的眼泪哗地又来了。

她的声音忽然好像夏日里清凉的风，又像冬日里的温暖壁炉，我忽然觉得自己像是躺在摇篮里听着妈妈唱歌的孩子。

她说，小桐，不要怕，妈妈在呢。

那个时候，爸爸还在，妈妈还不是这么絮絮叨叨的样子，那个时候的她很温柔也很腼腆，在爸爸面前总是一副小女人的样子。

可如今，岁月把她逐渐雕刻成了一个邻居大妈的样子，她要外出赚钱，她要做饭养家。

我心疼她，不想让她再过多地担心我，便立马擦干了眼泪，从地上站了起来。

"妈，我没事儿，会好的，一切都会好的。"

她笑了，她摸了摸我的头发，轻轻地皱了一下眉头，眉宇间出现两条深深的皱纹，我心一紧。

"小桐，你长大了，有些事情是一定要经历的，你要勇敢，不要害怕，妈妈会一直在你身边，小含……那是意外，你不要过度自责，妈妈相信，好人总有好报，她一定会醒来。"

我笃定地点点头，此时已经极累，换过干净的衣服之后，躺在床上，没有一会儿便睡着了。

梦里，我梦见了很多人。

叶碧含在对着我笑，她说她已经到了新的学校，并且已经认识了不少人，让我不必挂念她。

蔡其航已经找到了创业的好项目，已经渐渐步入正轨，并且他交了新的女朋友，他们很相爱。

林小筑指着我的鼻子说，程青桐，你以为你是谁，小爷会看上你？简直是笑话。

最后，我看见了莫西一，我挽着他的胳膊，我们在牧师的见证下，一同走进了婚姻的殿堂。

只是那句"我愿意"还没有说出，梦就醒了。

醒来以后我本想让自己尽快入睡，把那个残缺的梦做完，可是无论如何都再也睡不着了。

我多么希望，美梦成真。

第九章
心不动，则不痛

之后的一段时间，莫西一和林小筑几乎没有怎么出现。他们就像逐渐远离我的行星，渐行渐远。所有的生命里，就剩下了你——叶碧含。

从此往后，你将是我生命所有的焦点。

每天早上都会早早醒来，为叶阿姨和叶叔叔做好早餐，带到医院去，营养搭配，每天都变着花样，希望他们的心情能因此而变好些。

他们二人几乎都瘦了一圈，如果小含醒来，看见她老爸老妈都憔悴了这么多，一定会生我的气，所以我一点儿都不敢含糊。

小含，你看，所有的人都在为你努力，如果你自己不努力醒来，就是对不起所有人。

我不仅推掉了文学社的工作，就连干洗店几乎也没有时间再去了，老妈最近也比较辛苦，除了供我们几个人的饭以外，还要天天去干洗店上班。

几乎所有人都忙碌起来。

小含，你看，所有的人都因为你忙得不可开交，即便是为了我们，你也要快点醒来。

易淡几乎有空就会来看叶碧含。之前的恩怨纠葛就这样变得风轻云淡，被我们忘却了。很多事情原来都是可以被原谅的，即便他曾经罪不可恕。

反倒是莫西一和林小筑，之后再也没有出现在医院里。

我们好像都暂时忘记了彼此，生活在了不同的次元里。井水不犯河水。

或许这样也好，我就不会再因为他们其中的任何一个而分心。

我曾听人说，时间会解决所有的问题。那么只要时间够长，所有的仇恨都会被化解，再相爱的人感情也会被岁月冲淡，最终也不过是烟消云散，最终剩下的，只有回忆罢了。

只是，偶尔想起来的时候会心有不甘。因为曾经你那么爱的人就这么从你的生活中消失了；因为本来那么要好的朋友，也就在那么一瞬间再也不来看你了。好像一瞬间全部化为泡影，像梦一样消失不见。

而我只能让自己平静下来，心不动，则不痛。

只是那段岁月成了空白，成了缺失的编码，留着一个残缺的缺口，让人看着总觉得遗憾。

如果是这样，我还是想为你们送上祝福，即便是在我不参与你们的生命时，仍旧希望你，过得好。

每次发呆的时候，总会被叶阿姨的哭泣声惊醒。她总是趴在叶碧含的身边，悄悄地哭出来，我只能揽过她的肩头，把她抱在怀里，她的身体便会颤抖得更厉害。

叶叔叔总是在这个时候，重重地叹口气，想流泪，却又不在我跟前哭，无奈地转身出去，过个十几分钟，眼睛通红地回来。

而我，除了心痛之外，什么都做不了，只能就这么静静地抱着她，看着你，心里默默祈祷，你能早点好起来。如果你能感受到我们的思念和担心的话，你就早点好起来。

偶尔，你稍微动一下眼珠，我们都会为此而吃一顿饱饭，睡一个完整的好觉，虽然医生说那只是正常的生理反应。但是你的每一刻，都牵动着我们的心。

叶碧含，你知道吗，那个时候，我觉得我的生命是和你相连的，我每天存在的意义，就是等待着你有一天变得和以前一样活蹦乱跳。

很多天都过去了，树叶黄了，落叶堆积了好几层。秋天到了，萧瑟而荒凉。虽然总说，秋天是收获的季节，可于我而言，却是索然无味的。

脑海中出现的，总是小时候那个秋天，我和你一起到果园里，偷偷摘人家的果子，最后却被抓到的场景。

那个时候多么快活，两个扎着小辫子的女娃娃，竟然爬到了人家的树上……

这天，我依旧早早到了医院。

叶阿姨和叶叔叔两人表情和往日有些不一样，阿姨是有些高兴的，我满心欢喜地以为是叶碧含醒了。

"青桐，医生说这里等下去的希望不是很大……"

轰隆……

截然相反的答案。

"但是，出国治疗能痊愈的可能性比较大，我和你叔叔准备带她出国治疗。"她勉强地笑了一下，眼里的泪却在打转。

"青桐，以后就不要天天往医院跑了，这些日子辛苦你了。"叶叔叔总是不善于表达，这些天和我说的话也很少，但是看得出，他心里很是难受。

我点了点头，走到了叶碧含的身边，我对她说："小含，你要出国了，虽然这次不是去念书……小含，你要好好接受治疗，等你好了，我们再一起出去疯，我等你回来……"

她离开的这段日子，我常常回到我们经常去的饭店吃饭，常常逛的书店去看书，也会替她整理好她的桌子、床铺。

我在等着她，因为她随时都会回来。

这天帮小含整理床铺时，我接到了蔡其航的电话，心里一阵温暖。

蔡其航的声音还是那么大大咧咧，听起来过得还算不错。

"喂？程青桐！我是小菜一碟！"

一听到他的声音我便高兴得想哭。大概是因为沉浸在自己的世界里太久，孤独太久，所以才会如此激动吧。

"什么小菜一碟，你都那么久不玩游戏了，还好意思说自己是'小菜一碟'？"

他嘿嘿地笑了，之后又特别认真地给我讲起了他的故事。

"青桐，我本来以为出来创业，背井离乡，告别伤心地之后，我就会慢慢忘记她，可是没想到，来到这里，我才更加放不下她了。后来我又打了好多电话给她，我每个月消费最多的地方就是话费！我连饭都快不敢吃了！"

"那结果呢？别告诉我最后还是被你搞砸了！"

"当然不是，贺欢欢心里是有我的，她还是心软了，虽然没有答应复合，但也没有把我拉进黑名单，现在保持每天都联系，我想，胜利就在眼前了。"

我故意刺激他："得了吧，你哪儿来的自信！可别得意忘形，结婚时新娘不是贺欢欢，我可是不会去的，就算去也没有红包！"

"为了你的红包，我拼了命也得把她娶回来啊！"

"蔡其航，好好珍惜，珍惜她，珍惜你们的感情，因为谁也不知道下一秒会发生什么。"

之后便是一些家常话，闲言碎语，总说不完，总也不嫌烦。大概这就是朋友吧。

刚刚挂了蔡其航的电话，老妈的电话就进来了。这么晚打电话来，应该是有什么要紧事儿说，我赶忙接了起来。

"青桐啊！"

听到这三个字，我的心便踏实地跌回了肚子里，这个开场白，应该是没出什么事儿。近来三番两次出事，搞得我已经有些神经质了，心里总会担心出什么事情。

"怎么了妈？这么晚打电话有什么事儿吗？"

"青桐，妈妈看你这两天太累了，精神又不大好，你出去散散心吧，到哪里都好，就是不要老自己一个人闷着，你又什么都不说，我实在是担心你啊……"

哇啦哇啦，一大堆说不尽的话。

但是这个时候，我再也不觉得烦了，我反而觉得很温暖，也很幸福，毕竟这个时候，还能有人不厌其烦地念叨我。

我很顺从地答应了她的提议，也觉得自己是该出去走走了，让自己的心放个假，尽快地重新振作，开始新生活。

盖着被子左思右想了很久，心里忽然闪过一个很好的念头，随即给蔡其航发了短信。

我说：蔡其航，如果我去B市看你，你包不包吃和住？

我收到的回信是：包！！！

三个感叹号。

第二天，收拾行囊，准备出发。旅途是个很适合发呆的契机，一路上我基本都在发呆中度过，只不过脑海中却总是思绪万千，怎么都静不下来。

人生总要有一次说走就走的旅行，我这应该也算是了吧。

蔡其航接我的时候，穿着一件休闲的牛仔裤，打扮得也算精神，只是好像瘦了不少，我在人群中看见他朝着我穿梭过来，看见他匆忙的样子之后我忙挥手。

他朝着我咧嘴笑开，一口洁白的牙齿，一脸明媚的笑容，特亲切。

　　我把行李往他怀里一推，立马开始调侃他："蔡其航，你是牙齿变白了呢，还是皮肤更黑了？我要是晚上到站，估计只能看到你一排牙齿吧！"

　　他哈哈一笑，依然是当初那个爽朗的笑声，分别时那副失魂落魄的样子已经不见了。

　　第二天，他带着我去了海边。

　　我幻想过大海的样子，是碧蓝色的，倒映着天，一望无际，汹涌壮阔。

　　可是当我看到的时候，却是大失所望，它是灰色的，一眼望下去，甚至看不见一点蓝。瞭望出去，确实一望无际，但是汹涌壮阔还差点，蔡其航说还不到涨潮的时候，涨潮的时候潮水还是很凶猛的，打在岸上，哗哗作响。

　　他耸耸肩，和我说，梦想和现实总是有差距的。

　　我和他说了近期发生的事情，他默默地听着，不时点头回应我，只是不说话。

　　而我就是需要这么一个人，他不需要说话，只要安静地听便能懂我的全部心思，这样便好。

　　蔡其航也和我说了他以后的打算，听着他的宏伟壮志，自己也莫名地跟着兴奋起来。

　　漫步在海边，听着海浪的声音，与老友一起叙旧，岁月安宁，一切都好。

　　回到A市之后，精神好了许多，老妈说得对，出去走走，散散心，心态好了，事情自然就解决了。

　　在林小筑于我的世界消失将近一个月之久之后，我接到了他的来电。

　　"喂？什么风把你吹来了……"

　　"会开玩笑了？看来心情好得差不多了。"

雾色青桐

"拉倒吧，我心情一直挺好，你有什么事儿，别卖关子。"

"看你这样，应该是恢复正常了，不错，今晚请人吃饭，庆祝我脱单，你可一定要到。"

我一惊，不敢相信自己的耳朵："你说什么？庆祝谁脱单？"

"我！林小筑！怎么？心痛了？"

"你少来了，我心痛什么劲儿，该痛的应该是那帮花痴少女的心吧！"

"行，程青桐，算你狠，晚上阿兰餐厅，不见不散啊！"

我晕，林小筑，你这是什么意思？你脱单，跑到我们学校附近吃饭，还非要叫上一个你以前喜欢的人？

你是想让我见证你的幸福？还是想告诉我，我不要你，自有人排着队要你？

林小筑，真幼稚！

距上次他和我表白，也只有一个多月的时间而已，这么快他就交了新的女朋友，很难想象他曾经喜欢过我。

不过，对于他这种鱼的记忆，也不算什么稀奇事，谁让他的记忆只有七秒。估计他对我也就只有七天的记忆。

罢了，既然我并不爱他，他能早点放弃，追求别人，并且修成正果，也算是好事。

我到的时候，林小筑从里面出来接我，把我带到了包间。从门口到餐厅的距离，我和他只说了几句话。

"林小筑，你是什么时候找的女朋友，怎么也不提前说一声，你搞得这么突然，让我很尴尬啊，我一点都不认识她，你可以提前介绍给我嘛！"

"提前介绍什么，这一下不就认识了吗？有什么尴尬的，里面的人反正你也不认识几个，就当出来交朋友了。"

他又恢复了曾经那个霸道无理的样子，好像那个雨天里表白过的人并不是他，如果不是真的亲身感受过他的这种变化，大概讲给谁，谁都不会相信吧。

林小筑把我带进了包间，向大家简单地介绍了我："各位，这就是我在A大的好朋友，程青桐，以后大家都是朋友了，都别客气啊！"他天生有一种自来熟的气质，在他的带动下，我都觉得我早就认识了这帮人。

我环视了一周，看见好些人都是之前帮我揍过易淡的人，有些脸熟，便和大家热情地打了招呼，目光停在一个女生的身上时，她似乎表情有些奇怪，看起来她并不希望我和这帮人关系比较好的样子。她眉眼笑得很弯，经过林小筑的介绍，我才知道，原来她就是丁楚，林小筑的新欢。

她化着很浓的妆，穿着一件绿色的小外套，白色的短裙，将她的身材勾勒得凹凸有型。林小筑喜欢这样的女生我一点都不意外，但他曾经喜欢过我倒是让我奇怪得很。丁楚时不时地会看我一眼，大概她也知道了我和林小筑的事情，我便佯装镇定，时而对她露出一个友好的笑容。她便同样愉快地回应我，她一笑，脸上的酒窝便会显现出来。

丁楚长得很漂亮，也难怪林小筑会这么快就变心。我扭头，对着林小筑的耳朵轻声说了句："眼光不错啊小子，好好把握，祝幸福啦……"

林小筑皱着眉头不愿意理我，一副我欠了他万儿八千的样子，我没理他，接着吃我的饭。你既然请我来，不就是想让我吃点儿好的嘛，我又何必介怀。更何况，我来这种场合除了能好好吃一顿，还能做什么。

难不成和丁楚来个大战三百回合？你不累我还嫌累呢！心累！

说罢，我便坐到了一个角落里，没挨着林小筑，更没挨着丁楚。一个人安静自在地坐在角落里，倒不失为一个轻松自在的好办法。全桌的人都在说话，你一言我一语，场面好不热闹，他的那些朋友不时地起来给他敬上一杯，理由牵强得很，说什么祝你和丁楚白头偕老，永结同心。

我一听，就乐了，他要是能白头偕老，那母猪都能上树了，还永结同心呢。

之后还有人祝他早生贵子的。这个我倒是信，虽然他真心爱的人没有，但是愿意为他生孩子的确实一抓一大把，此时我只想对他说，少年，不作死就不会死，人在作天在看。

我虽心理内容颇为丰富，但是实际上一句话都没说，一直在吃。我这么一个多余的人，多余的身份，来了这里也就这么一件正事儿了。虽然被众人鄙视嫌弃，但是我能有什么办法。

只能悠悠地说一句，吃货的世界你们不懂。

嫌弃的目光里，大多还是来自林小筑，每每他瞪过来的时候，我总会用同样凶狠的目光把他瞪回去，然后心里咒骂千百遍，你叫本女侠来的，还不叫本女侠吃了吗？

然后他无奈摇头，便又会碰上丁楚的目光，然后瞬间把眼神温柔下来……

我只能翻个白眼儿，继续吃。

后来大家喝酒喝高之后就开始乱窜，丁楚很热情地坐到了我的跟前。这个女生一看就不是乖乖女的样子，貌似还很能喝，对其他的那些朋友也总是指手画脚说一不二的大姐头，但是唯独对我很是客气，热情到位。本来我和林小筑就是朋友，再加上他曾经没少帮过我的忙，所以对丁楚一直也很是照顾，不时给她加些茶水，让她少喝些酒。席间，丁楚除了会在我身边陪着我坐坐，多数情况下都是黏在林小筑身边，不时地还撒个娇卖个萌。

更让我无语的是，这厮卖萌就卖萌，撒娇就撒娇吧，为什么要不时地偷看我一眼？

让我不解的是，明明就是一个看起来很强势很有心计的女生，却在林小筑身边扮演着傻白甜。她不累吗？

而我一眼就看穿的演技，难道林小筑他自己看不出来吗？

这样的爱情，也可以维持下去吗？

也罢，我和林小筑本来就不是一路人，我们的人生观爱情观都不一样，他怎么想的，我还是不要掺和了。我连我自己的那一亩三分地都经营不好，有什么资格参与别人的感情生活。走自己的路让别人去说吧。

我只能说，祝你们幸福。

时间隔了不久，就接到了丁楚的短信，她说要邀请我去蜡像馆。我脑子一懵，心想，她和林小筑去蜡像馆，叫我去，这样合适吗？

一想到我又要成为电灯泡，我这心里就好不舒坦，你们两个夫妻双双把家还的时候，为什么要拉上我这个单身狗，我这个单身狗天天被莫西一虐还不够还要被你们两个不相干的人虐吗？但是我又实在想不到什么拒绝的理由。因为害怕你丁楚在我面前秀恩爱吗？还是因为我在乎你林小筑了！都不是！

想到这里，我就不由得难过起来，因为叶碧含不在身边，我连一个可以出谋划策的人都没有。

但最后还是答应下来，如果我不去，反倒显得我小肚鸡肠上不了台面。

我到的时候丁楚已经在楼梯口那里站着了，我朝她招了招手，她也很热情地叫我过去。这份热情里有几分是真几分是假其实我们心里都有数，只不过是不拆穿不说明罢了。

走到她跟前，四处看了看，发现林小筑还没有到。明明是三个人的约会，男士却晚到，最先到的却是女主角。这也太不合常理了。

"小筑估计又要迟到了，麻烦你了青桐，我们可能还要等等他。"

不管怎样，面子上还是要做够的。

我赶忙说："这有什么麻烦的，他总是这样，我都习惯了！"说完之后忽然觉得自己说错话了。

朋友比女朋友更熟悉他的习惯，这样不好。估计又要刺痛丁小姐脆弱的小心脏了。

程青桐，你是不是傻！

我看她肩上的包马上就要滑下去，脑子一抽，便立即伸手去扶，可包还没有扶上去，我的手刚刚触碰到她的肩膀，她整个人便斜着从楼梯滑了下去。

我靠，丁楚，你是纸人吗？我一碰你你就倒！

当然了，这句话是在心里骂的。

而我们伟大的男主角林小筑也不知道什么时候从后面冒了出来，一个箭步上去拽住了丁楚的胳膊。我那个时候忽然觉得，这是这两口子合起伙来欺负我，专门为我设下的圈套，就等着我往里面跳。

丁楚委屈地站起来，握着擦伤的手臂，躲在了林小筑的身后，这架势，我一眼便知道，她这是要陷害我了。

果然是"心机婊"。

花心大少配"心机婊"，也真是绝配。

可还是亏了林小筑，至少他有颗善良的心。

至少我认识他的时候，他还是善良的，但是现在被这个"心机婊"熏陶过之后，我就不能肯定了。

丁楚接下来的台词，我不用想几乎就可以背出来。

"青桐……你就算不甘心小筑这么快变心于我，当初为什么不好好珍惜他，既然你不珍惜他，就这么放走了他，你现在也不该迁怒于我害我受伤啊……"

我看着她那个做作的样子直想上去抽她一巴掌，但是林小筑这个大傻子挡在她前面我根本就是无从下手。不过我心里细细一想，就算是我和这个丁楚单挑，我真的未必能打得过她。

所以，果断放弃，掉头就走。这年头，不能和傻子生气，那一天天的还不得气死吗？我选了三十六计里的走为上计，可是如果当时我能像丁楚一样嗲声嗲气地和林小筑说"小筑，我真的没有推她，是她自己没有站稳才掉下去的"，会不会后来的结局能好些？我也不至于白白受那么多委屈……

我遗憾的是叶碧含不在我身边，我连一个可以说话的人都没有。蔡其航又在那么远的地方，打个电话都是长途，等我说完，估计这个月的话费又没了。

天要灭我，我不得不灭啊。

那么还有谁呢？

莫西一吗？

他此时又在哪里呢？他还记得这个世界上有一个我吗？

现在提起他，早已是满满的陌生，就连话都说不上。

下午，林小筑忽然打了电话过来。我心里一喜，心想这小子还算有良心，知道打电话过来慰问我。

"青桐，我在你宿舍楼下，你下来一下吧。"声音很平静，听不出来他到底想干吗。

"啊？你在我宿舍楼下？什么事情还非得你跑一趟啊，没多大事儿，你不用放在心上！"当时的我还在傻乎乎地安慰着他，后来想想，程青桐你是不是傻。

"你下来吧，我都来了。"

雾色青桐

他语气很严肃，不像是来安慰或者道歉的，我有些莫名其妙，穿好衣服也没怎么收拾自己凌乱的头发，便匆匆下了楼。我一向把他归为可以不洗头就见面的朋友，这种朋友就算得上是好朋友了。可是你林小筑，真的是辜负了我的一番期望。

他斜靠在一棵水杉树上，身子斜斜的，一腿弯曲着，脸上的表情看起来很酷，我笑着走到他跟前，很轻松爽快地说："都一把年纪了，还是就知道耍帅！"

他的眼睛注视着我的脚，始终低着头，见我开口说话，他才缓缓抬起了头："青桐，你去和丁楚道个歉吧。"

青桐，你去和丁楚道个歉吧……

我有点不太相信自己的耳朵，更不相信这是林小筑说出来的话。

嘴角抽搐着，只想上去再给他一个大嘴巴。

自从我见了他和丁楚在一起，最近就特别想要抽人大嘴巴，你们还真是让我放心不下。

"你说什么？"我又问了一遍。

"我说，你去和丁楚道个歉吧。"他咬着牙，又把刚刚的话重复了一遍，一字不落。

一字不落。

我心里直骂他，但脸上却是笑着，是讪笑、苦笑，还是无奈的笑，我几乎已经傻傻分不清楚。林小筑，我们已经是多年的朋友，如今你为了那么一个女人，竟然让我去道歉。

他看着我奇怪的表情，一本正经地说起了自己的那点儿辩词："我知道，你是在生气，可是我不是莫西一，没有那么多细腻的感情，我只知道谁错就该给谁道歉，谁重要我就得向着谁，我就是一个这么趋利避害的人，你

172

也不是第一天认识我。"

他摇头晃脑，没心没肺地说完之后，轻轻地瞟了我一眼，见我没有反应，便继续说道："既然你拒绝了我，那我也很有自知之明没有再多打扰你一分钟，你不喜欢我，自有人喜欢我，我总归会找个人谈恋爱的。你也别那么自私，莫西一拒绝了你，就又想把我当备胎。"

我冷冷一笑，原来自私的人就会把别人也想得和他一样自私。

我看着他的面孔忽然觉得无比陌生。

他咄咄逼人的说词我一句都不想反驳。

林小筑，你去见鬼吧，我程青桐就算是去跳楼，也不可能去道歉。

"林小筑，你是不是有病？你林小筑是什么样的人我程青桐是知道，可是我程青桐是什么样的人你林小筑不知道吗？要玩感情游戏，你自己玩，你自己好好玩，别玩不好了就把我也捎带上。对不起，我不奉陪，我没那么多时间陪你玩！"

从没有想过，曾经对你深情款款的人，竟会带着刀剑来亲自在你心上划开一道伤口，任你鲜血直流，他都视若无睹。

我本以为，既然深爱过，即便错过，那么想起来的时候也是美好的。不忍心让你受伤，不希望看你流泪。

原来，只是我的以为而已。

那么林小筑，我在你心里就是这么不堪吗？

我就是那么一个小肚鸡肠不能给别人祝福的人吗？

你曾对我说过的爱，又有几分是真几分是假呢。

我气急，眼泪差点就掉出来，老虎不发威，是都把我当病猫了吗？

我只恨自己太懦弱，至今都没有把那个巴掌甩出去。

叶碧含，你看到了吗，你不在的时候，所有人都来找我的麻烦了。

雾
色
青
桐

你要是看到了的话，就快点给我醒过来，我要你替我报仇雪恨。

听易淡说，莫西一的母亲又生病住院了，我很想去看看她，想看看她目前的身体状况，也想知道她苦苦期待着的婚姻到底带给了她什么。

而且我和莫伯母也算是有一些交情，此时去看看她也是理所当然的，叶碧含生病的时候，莫西一也来探望了她，所以此时我更应该礼尚往来。

当然，连我自己都不愿意承认的原因是，其实我想去见见莫西一。

真的有太久没有见到他了……

说来也奇怪，之后我就再也没有巧遇过他，久到我几乎就要忘记他的面孔了。

哪怕是只能看他一眼，也算是满足我的一个心愿。

好吧，我还是放不下。

说到底，我还是爱情里的那个输家。

我到医院的时候，莫伯母很安详地躺在床上，脸上的表情说不上是开心还是不开心。

旁边坐着一个男子，眉眼间和莫西一有些像，想必，这便是莫西一的父亲了。

我向他们问了好。莫伯母见到来的是我，坐了起来。莫伯伯替她放好了枕头，让她坐着能尽量舒服些。

"你们先聊，我出去帮你们买点吃的。"莫伯伯说完话便出去了，我们之间没有更多接触的机会。

莫伯伯虽然有些老，但是看起来整个人十分精神，依然很俊朗，看起来颇有成熟男人的魅力。

而莫伯母看得出来年轻的时候也是一个大美人，只是岁月无情，让她苍老得很快，再加上体弱，她又是典型的顾家型的贤妻良母，并没有那么多的心思去挽留一个男人。

如果是这样的男人和这样一个女人生活在一起，若不是因为真的很深爱，那么分开和离婚也是必然。

我几乎可以想象他们在家时，一定是莫伯母竭尽所能地去伺候他。

是的，他需要这样舒适的生活，却不仅仅是这些。

当两个人都还年轻，而且外表出众，都有精力折腾的时候，什么都不是问题。

时间久了，那个依然精神抖擞的人就会嫌弃那个年老色衰的人。

当然，这一切只是我的猜测，并不能排除，莫伯伯是真的遇到了"真爱"。

两个人相遇、相识很简单，但相知、相守太过艰难。

一辈子又那么长，谁还能不遇到点意外？

而这些意外，就是为考验爱情考验婚姻设下的种种关卡。

能不能挺过来，要靠两个人，任何一个人松手，都意味着失败。

原来爱情这么难。

想起老妈和老爸的爱情，虽然老爸走得早，但老妈的心里始终有他，他们的爱情一直在。

和莫伯母聊了一会儿之后，我问起了莫西一。

"伯母，莫学长怎么……今天没有来？"

莫伯母会心地笑了笑，看着我的眼睛，仿佛能把我看穿一样："你这个孩子，从一进门我就知道你想问什么，憋了这么久，真是难为你了。"

我的脸唰地就红了。

莫伯母面露担心，接着说："小西这两天生病了，有些发烧，我又在病床上不能照顾他，他爸爸又……唉！"她叹了口气，心中颇多无奈。

"青桐，我很好，你不必担心我，如果你有时间，就去看看小西吧，这个孩子太懂事儿，反而让我不放心。"她对着我微笑，刻着几条鱼尾纹的眼睛却很明亮。

她心如明镜，大概早就知道了我的心思，才会这般鼓励我。

我点点头，心扑通扑通直跳。

到他宿舍的路上我想了很多，大概是因为近来家中的事情他也在烦恼吧，所以才会这么久都没有机会碰到他。

到了男生宿舍的楼下，我借口文学社的事情说服了看门的大爷，大爷便借机溜了进去。

我程青桐也算是真的豁得出去了，为了你莫西一，最后连男生宿舍都得闯。

楼里的人一个个的就和见了什么稀奇的物种一般盯着我看，我只好埋着头一路往你的宿舍走去。

我敲了几声并没有回应，发现门也没有锁，便推门进去了。

门咯吱地响了一声，很像老旧的屋子里传来的声音。

屋子里的窗帘是拉着的，灯光灰暗。

我四下看了一圈，以为没有人，最后目光停到了你的床铺上，这才看见了双眼紧闭、眉头微皱的你。

该有多大的烦恼，竟会让你在梦中都要紧锁着眉头呢？

自上次，在朦胧的雨中与你隔窗相望之后，便再也没有见到你，时隔也不过几月时间，你竟成了这般憔悴的模样了吗？

我静静地坐在了他的床边，才发现他的额头上满是汗珠，手伸过去一试，才发现额头是滚烫的，心里一慌。

"莫西一！莫西一？"我摇晃着他的身子，企图把他叫醒，他在梦中呓语，却听不清他在说些什么。

"莫学长？快点醒醒！你自己发烧了你知不知道！"我心里焦急不安，看着他难受的样子心里很不是滋味，之前在他面前受过的那些委屈，好像此时已经烟消云散了。

"青桐？"他终于睁开了眼，看见是我之后满脸的狐疑，"怎么是你？是我做梦了吗？"

"莫学长，你没有做梦，我是青桐，你听我说，你现在要立马起床，我带你去看医生。"

他在我的要求下坐了起来，并没有反抗我提出来去医院的建议，反倒是顺从地穿上了鞋。

想必，他是身体十分难受，才会如此听话吧。

"我有好几次都想醒来，可是就像有人拽着我似的，根本醒不过来。要不是你，我估计脑子都要烧坏了。"说罢，他还勉强朝我露出一个浅浅的笑。

"莫学长，都什么时候了，你还开玩笑，以前也没见你这么爱说笑话！"我语气里在责备他，但手上的动作一刻都没有停歇，我帮他穿上了鞋，扶着他站了起来。

他摇晃几下后，故作轻松地说："谢谢你青桐，我自己去看医生就好了，你不用担心我。"

我有些无奈，心里很生气，明明自己都已经烧得很严重了，还是只知道把关心他的人推到一边。

"你别说了，我陪你去校医院，你放心，陪你去完医院我就走，不会打扰你的。"我的声音带着倔强，不容他拒绝。

他看了看我执拗的样子，没有再多言。

一路上都是沉默。

说来也巧，竟然迎面碰上了林小筑。

我有些惊讶他此时竟会出现在我们学校，并能这么巧地碰上我和莫西一。

林小筑看到我们在一起，并且我的手还扶着莫西一的胳膊，他原本兴致很足的脸，瞬间落寞下来。

我不想解释，也懒得解释，见到他之后只想绕道走开。

他追上了我，拉着我的胳膊，我想甩开却被他死死地拽着。

莫西一默默地走到了一边去。

我朝着他没有好脾气地说："林小筑，我没有时间和你玩，我更不可能会去道歉，如果你来这里还是因为此事的话，那我们还是不要做朋友了，相比起道歉，丁楚应该更希望我和你绝交。"

他看着我，瞳孔里闪烁的竟是满满的歉意："对不起青桐。"

我甩开了他的手："用不着，我不稀罕。"语气已经比刚刚好了些许。

"我是后来才明白事情到底是怎么回事儿，我没想到丁楚会自己从楼梯上往下摔，毕竟这种概率很小。"

"所以你就觉得，我推她下去的概率更大一点吗？"

"我以为会是你不小心把她碰下去的，毕竟从我那个角度刚好可以看见你确实是推了她一把……"

我无奈："到现在你还是觉得是我推了她吗？到现在你还在给自己找说词吗？林小筑，你太自私了。"

"青桐，我不是那个意思。丁楚……是为了看看她在我心中的分量，所以才自编自导了这场戏。我也是……后来才知道的。"

霧
色
青
桐

我苦苦一笑。

还是不得不承认，女人总是那么的幼稚。

丁楚，在爱情里，谁先沉不住气，谁就输了。你看你，到底还是输了。

而我程青桐，从一开始就没有赢过。

我的思绪又渐渐地飘在了空中，我想起了自己曾经为了爱情做过的傻事儿，又和此时的丁楚有什么区别呢？不过都是为爱迷失的人，说到底，我还是要原谅她。

"林小筑，你是喜欢我，也是真心的，可是到了最后，最关键的时候，你还是选择不相信我。"

林小筑欲开口说话，却发现他无言辩驳，而我所说的，也是事实。

"小筑，现在你应该知道了吧，其实我们真的不合适。不仅仅是恋人，有时候甚至连朋友都做不好。"

"青桐，这次是我的疏忽，因为我还在乎你，因为我还在因为你拒绝我的事情生气，冲昏了头脑，所以才会误会你。我承认，在很多时候，我配不上你，我的随性我的自私，都有足够的理由让你拒绝我，但我还是希望，我们能是朋友。"

他的态度很认真，仿佛回到了那个认真的林小筑的样子。

我心里很想信任他，却无论如何也做不到积极回应。

我点了点头，没有多说什么，转身离开了。

我走到了莫西一身边，和他轻声说了句："走吧！"便再也没有回头。

我能想象得到林小筑看着我们的背影离去后的表情，但这样的表情绝对不会是他的终点，他会很快好起来，也会很快投入到新的感情当中去。

这一切，对于他来说，不过只是青春岁月里一个小小的片段，而我只是那众多人里面的一个小小的角色。

可是我不一样。

我的青春里，翻开来全部都是一个人的照片，一个人的故事，一个人的纪录片。

我们注定是两个不同世界的人。

林小筑，再见。

林小筑，祝你幸福。

第十章
恋人未满

雾色青桐

　　毕业典礼如期举行，所有人的脸上都挂满了笑容，一切看起来似乎都那么美好。

　　除了你，叶碧含。

　　所有的事情都和我们曾经想象过的一样。毕业礼堂很华丽，毕业的舞台很宽广，毕业的宣誓很震撼，毕业的离别很伤感……

　　这一切的一切，如我们当初所想，只是我料到了所有，却独独没有料到，我不能和你一起毕业。这个讲台上没有了你，就没有了我青春最大的见证。

　　我只能说，青春的遗憾，总是像一把刀，时时悬在心上，永远都忘不掉。

　　之后，丁楚竟约我见面。经过了上次的事情，我对她的认识加深了很多，但对她没有什么仇和恨，只不过都是因为爱情而衍生出来的小问题罢了。

　　不足挂齿。

　　她卸掉了浓浓的妆，这样看上去很清爽，也很漂亮，让人觉得视觉上很舒服。

　　我微微叹气，伸过手去，和她轻轻一握："丁楚，你还是不化妆更好看，不戴上那层面具的你，更真实。"我说的话有两面性，她那么聪明，一定能听得出来。

"程青桐，你果然比我想象的要聪明厉害。重要的是，你太会把握男人的心了。"

我扑哧一笑，没做解释，其中苦涩也只有我自己知晓。

哪有什么把握而言，还不是仗着对方喜欢你，可以肆无忌惮吗。

我如果真的有那么神奇，那为什么莫西一从始至终都不愿意向我迈出一步。

说到底，还是因为爱得不够。

若要爱得深，哪怕你是过街的老鼠，他依然把你当成宝；若是不爱，哪怕你倾国倾城万众瞩目，在他心中也不过是根草。

"青桐，其实，我一点儿都不愧疚。"

"这话像你说出来的，我听着舒坦。"

她一愣："我不仅不愧疚，我还想好好说说你，既然你对林小筑没有感情，为什么总是来招惹他，招惹到他爱上你了，你又装成圣母玛利亚说根本不爱他！"

我怎么听着这台词这么熟悉，我又不禁想笑，这不就是我曾经对莫西一说过的话吗？

真像。

我继续默不作声，她继续说个不停。

"程青桐，实话和你说了吧，我和林小筑早就已经分手了，我们之间根本没有什么爱情，他和我在一起也不过只是为了想忘记你。"她有些伤心，但是语气里还都是不服。

我看着她的样子，觉得亲切，因为我觉得现在的丁楚，就是曾经的程青桐。

"丁楚，其实你很幸运，林小筑也没有对不起你，你爱他，他给了你身份让你去爱他。虽然最后分开了，但你毕竟曾经和他在一起过。你受伤了，但是他很快就让你绝望了，他没有多给你希望，就是对你最大的保护。"

丁楚，你不像我，整整四年，都在等着一个人朝着我迈出那小小的一步，等了四年，他依旧是在原地，没有半点想要朝我走来的意思。

相比起我，你幸福太多。

可如今，离别在即，一切都已经不再重要。

毕业季的夏天充满了浪漫和伤感的色彩，让人的心难以平静。走在校园里处处都可以看见表白、求婚、告别、哭诉的场景，整个校园就像一个小小的剧院。

而我，竟成了这个剧院里唯一的看客。

心情出奇平静，对于离别，竟没有太多的感觉。

对面一个人朝我缓缓走来，黑色的长裤，墨绿色的T恤，清爽的头发被风轻轻拂起，露出了一双明亮的眼睛。

竟然是他，林小筑。

他出现的时候，脑海中便都是与他的回忆，好的坏的，统统浮了上来，好歹，我也成了这个夏夜里的演员，不再是看客。

"怎么会是你？"我走上前，经过上次争吵，这次见面，两人竟都有些扭扭捏捏。

"自己学校看腻了，来邻边的学校散散步，看看风景。"他漫不经心地说着，好像真的是来这里看风景的闲人一般。

我笑着说："那真的好巧，我觉得自己学校还没有看腻，一起逛逛吧！"

他也咧嘴笑开。当时他的样子真的很轻松，好像之前真的没有发生过任何不愉快的事情，我们是认识多年的老朋友。或许有时候，释怀只是一瞬间的事情，等到多年以后，这些都不是什么问题。只不过是记忆的一角，甚至早已忘记。

林小筑踢着步子，自由散漫地和我唠着嗑，东拉西扯，甚至有的话都说不清楚，奇怪的是，每一句，我都能听得懂。这大概就是相交默契的结果吧，你说一句，我便知道下一句。

"毕业之后，我要去北方了。"

虽然在强装着不在意的我，仍然还是被地上的石头轻轻绊了一下，他伸出手扶我，我们的目光发生了碰撞。

"怎么想起去北方，留在这里不是也有很多机会吗？再说，你的人脉也都在这里。"

"其实人脉去了哪里都会再有，我也是听从家里的安排。自己也想换个环境，也很好。"

"哦。"

良久又是一阵沉默。

"程青桐，我走了之后，你会想我吗？"这很不像他问的问题，伤感矫情，倒像是我问出来的话，难道这厮也被我同化了吗。

"也许会吧，也许工作太忙，很久很久才会想起来一次呢。"我故意卖着关子，但他还是勉强地笑了笑，似乎对我的答案不怎么满意。

一路微风阵阵，清凉舒服，夏天的傍晚，真的很惬意。

"我忽然觉得，我对你的学校，竟然比自己的学校都要熟……大概是我太能往这边跑了……"

"是吗？"

也许是吧。

这个时候，我只能让你说更少的话，让你对我有更少的留恋，最好能忘记我，才会让你不难过。

"青桐，如果，真的那么喜欢莫西一，那就加油，我看得出来，他心里是有你的，只是他的心承受得太多，没有办法那么快让一个人走进他的心里，你要等。"

我抿嘴一笑，说不上是苦涩还是自嘲。

四年前有人和我说"如果你能等到那一天"。

而今，又有人让我等。

我究竟要有多少时间要用在等待上呢。

我点了点头，没有说话。他挡在了我的面前，眼神格外坚定。

一瞬间，曾经相处的画面浮上心头。

"还记得第一次在球场上看见的你，虽然蛮不讲理，可球技惊人，惹得一片花痴为你加油。那个时候对你没有好印象，也以为自己不会和你再有瓜葛。谁知你脸皮极厚坑了我一顿大餐……"

他哈哈大笑："那个时候觉得你傻傻的，看见别人接吻都脸红心跳，就特别想捉弄你一下，没想到你不仅傻，还呆呆的……"

往事如烟，如诗如画，逝去的岁月，总是美好的。

我没有像入学时所说的那么豪言壮志，去大公司当经理、当老板、当组织者、策划人。我只是成了一家小公司的一个小小的文员。

这个时候我才知道，原来理想和现实的差距这么大。

曾经那么热血沸腾，那么多雄心壮志，如今都沦为了泡影，在这个繁华的世界里沦为平凡的一角。

曾经那么多梦想，那么多幻想，到头来化为了沧海一粟，比尘埃还要渺小。

我很努力地找了很多个工作，可最终愿意接受一个刚刚毕业的大学生的就只有一家小公司，因为要尽快挣钱补贴家用，我没有犹豫就答应了下来。

刚刚找到了工作，我就让老妈把干洗店转给了别人，她渐渐上了年纪，又比普通人看起来更显得苍老些，为了她的身体，我便把她安排在了家里，整日养养花喂喂鸟，有一份闲适安逸的生活。而我挣的这点工资，也够我们母女勤俭的生活了。

每天下班回到家，总会有一桌可口的饭菜摆在面前，她老人家的唠叨依然不绝于耳。饭后我刷刷盘子，洗洗碗，她到院子里和邻居叔叔阿姨唠唠嗑，好不安宁。

有时候看着她没有烦恼的笑脸，我便觉得一切就该这么顺理成章地进行下去，不需要改变，也不需要更多努力。

我的工作虽然没有什么激情，但是准时上下班，加班也是极少的事儿，稳定安逸，不需要操太多的心，没有烦人的老板，只有做不完的琐碎的事情，没有钩心斗角的同事，只有同事间说不完的闲言碎语。生活安逸，工作安逸，心情安逸。

一切都是那么顺理成章，只是没有你，莫西一。

只是夜深人静独自躺在床上时会胡思乱想。难道生活就这么没有激情地继续下去吗？

难道这就是我想要的人生和我所追求的生命吗？

当初的愿望和梦想，就这样白白放弃了吗？

二十多岁的年纪，就开始过八十几岁的人生，是不是有些浪费呢？

在无数个纠结的问题中，我昏昏睡去，等早晨的太阳升起的时候，看着蓬勃的朝阳，背起包，轻叹一口气，依然继续着这两点一线的生活。

或许有一日，我能重新拾起信心，像蔡其航一样，去努力地做些改变吧。

这天下班，我早早地做完了所有的事情，给叶碧含的父母打了一个国际长途过去。

打之前我的心情一直是忐忑的，老妈鼓励劝说了我很久，我才鼓起了勇气。

经历了这么多事情之后，程青桐终于变成了一个胆小鬼，她害怕面对，害怕承受，害怕残酷的结果和血淋淋的现实。

害怕到做每一件事情的时候都小心翼翼，伸出自己的触角，试探一下周围的空气是否安全，等我确保它是安全的时候，才会战战兢兢地睁开双眼，去看一看到底发生了什么。

不得不说，这个时候的我，真的让自己讨厌。

我想，小含也一定是讨厌我现在的样子的，每每想到此处，总会难过得想哭。

电话嘟嘟地响了好几声，终于在几乎快要断掉的时候被接了起来。

我这里是晚上，那边应该是早晨。

"喂！"听到电话被接起，我迫不及待地赶忙说话。

"喂，是青桐吗？"

是叶阿姨熟悉的声音。

"是，阿姨，我是青桐。我想……我想问一下，那个，小含的病怎么样了……她有没有好一些，醒来了吗？"大概是有点激动，所以说话有些语无伦次。

那边传来一声叹息，听得出来，似乎情况并没有好转。

"小含，好点了……"叶阿姨的声音里只有哽咽，从她的口气里听不出任何喜悦。

"阿姨，你没有说实话吧……"我试探性地问道。

电话那边传来噪音，转接到了叶叔叔手里。

"青桐，你不要太担心了，小含暂时……还没有醒来，我和你阿姨会一直在她身边陪着她，照顾到……最后一刻。"

我似乎听到了自己心脏碎裂的声音，叶碧含的笑容不停地在我脑海中出现，像是过电影一般……

脑海中嗡嗡作响，无法平静下来。

老妈见我挂掉电话之后一直呆坐在沙发上一动不动，便不再出去和外面的人闲话，挨着我坐到了我身边。

我把自己窝了起来，深深地陷入了沙发里，目光空洞地盯着一个点，喃喃自语。

"妈，小含好不了了，她以后都好不了了，叔叔说，要照顾到她最后一刻……"

"妈，我不相信，我不相信命运会这么残忍，让我们承受这么多的痛。我不相信像小含那样的姑娘要接受这么残酷的人生。"

老妈想要安慰我，拉住了我的手："青桐，人在做，天在看着呢，你别灰心，这个世界上是有奇迹的……"

奇迹。

曾经多么美妙的一个词语，用到现在，却像是一个宣判死亡的词汇。

只有出现了奇迹，她才会醒来。

后来，老妈不总是出去和邻居说话了，也不总是在我面前念念叨叨，她凡事总是顺着我，可她越是如此，我心里就越难过。

雾色青桐

生活好像变得又不一样了，我就连最普通、最安宁的一种生活都无法奢求。

叶碧舍，你说，这个世界上还有奇迹吗。

哪怕只有一个，我也想抢过来给你。

当我们东奔西走地寻找工作时，莫西一倒是难得清闲，直接留校，当了助教。这是很多人求之不得的工作，学校的工作既清闲，而且说出去也受人尊敬，干的时间越长待遇越好，他算是赚到了。

不过一般人也得不到这么好的机会，谁叫他是学生会的主席呢。

下班之后，我去了学校，想去看看他，也想去看看校园。人总是喜欢怀旧，还爱矫情，当年在学校的时候一直往外跑，现在到了外面反倒是想抽出时间再跑回去。

依旧是那个校园，熟悉的面孔却少了很多，早就物是人非。莫西一在校门口等着我，我们一边散步一边聊天。

这是我曾经做梦都会梦到的画面，以前和他肩并肩地走在一起总是会心跳得特别快，心里也会充满期待，没想到时光真是个可怕的东西，把我们的情感冲刷得如此安宁。

再也不会那么激动了。

而属于青春里的那种懵懂的心动，也只有一次。

我笑着问他："莫西一，你曾经说'你从不相信爱情，如果喜欢你，那就当朋友吧，或许我能等到那一天'，现在，还有效吗？"

我微笑着看他，他的眼睛宛如我初见他时那般明亮，只是这时的他不再那么高傲，也不再那么严肃，眼里流露出温暖的神色，这大概就是岁月说的痕迹吧。

我想说，莫西一，经过了磨难，经过了痛苦，你还是选择了对这个世界温柔以待。

这样真好。

他说："程青桐，你就是一抹顽强的细流，我这颗顽石都快穿透了，我说过的话当然作数。"

我对着他露出了一个灿烂的笑脸。

"青桐，以后就这样笑吧，你还是这样笑，最好看。就像我初次在公交车上见到的你，冒冒失失，没心没肺，那样的你，其实很可爱。"

那样的你，其实很可爱。

这大概是这些年，我听到过的唯一一句他赞美我的话。

我一呆，眼眶不禁湿润起来。

"原来你也会说甜言蜜语？还真的没看出来……"

"人总会变的，随机应变才能活得更好不是？如果我一直像一块冰冷的石头，估计现在的你早就已经不在我身边了。如果我一直浑身长刺儿，估计现在早就已经抑郁了。"

我听着他这样嘲笑自己，我特别想笑，曾经那个不可一世的莫西一，竟然也会这样开自己的玩笑了。

我们一直走到了夕阳西下，天空渐渐变成了深蓝色，渐渐出现了星辰。但是话题好像一直都没有断下来，从最初一直说到了现在，很久没有这么聊天，说完之后神清气爽。

我伸了个懒腰，冲着他笑："莫西一，有你真好。"

说完之后我才唰地脸滚烫起来，他看着我脸红扑扑的样子，伸出手揉了揉我的头发。

那个时候的幸福是甜到心里的，一种无与伦比无法言说的幸福。如此亲密的动作，如此美好的你和我。

之后我和莫西一相处起来不再那么困难，他对我也不再是冷冰冰的样子，如果说这青春岁月中，有关于他的哪些记忆最温暖，最甜蜜，那便是现在了。

我们常常一起去吃小吃，看见好吃的新鲜的东西，我都会冲着你乐不可支地笑，而你也会轻推一下我的脑袋，说我是个吃货。

我们也会偶然去看上映的比较火的电影，坐在你旁边，我常常笑得毫无形象，惹得跟前的人直看，你会用手悄悄把脸挡上，装作不认识我的样子。但我会故意拼命和你说话，朝你做恶作剧，看着你窘迫的样子我就特别想笑。

我们也常常聊天到很晚，无话不说，其实说来说去也不过就是今天工作遇到了什么奇葩的事，你的学生又有多少不肯交作业，偶尔会说起叶碧含，沉默之后便不再多说。

但是我们不会牵手，不会手拉着手像别的恋人那样前后自在地甩来甩去。

我们不会接吻，不会像其他情侣那样在深夜的路灯下拥吻。

我们不会拥抱，不会在寒冷的冬季相互紧拥着取暖。

我记得，有一首歌的名字叫《恋人未满》，大概就是唱的我们吧。

似有种感情 即将倾泻触发到山崩

可能跨出半步会特别敏感

可能保守秘密更情难自禁

拉锯互撼，凶猛却窝心

这处境，一时清醒，继续平静

一时感性，笑着亡命

而我和莫西一的感情比这首歌词来得更平淡些。像一杯白开水一般，很平静，很纯净。可相处这么久以来已经开始互相依赖，这种不由自主产生的信任，让我欣慰。

其实如果可以一直这么下去，我并不反对，我甚至会很开心，相比起曾经的折腾，我更喜欢此刻的宁静。习惯是一件很可怕的事，一旦你的身体或者是肉体习惯了某一件事情之后，你就会不自主地去完成这件事，如果不去完成，你浑身的每个细胞都会抗议，如果真的到了这个时候，便是最致命的受伤。

而我们，就以这样的关系相处了一年之久。

如果是二十八天可以形成一个习惯的话，那我的这种习惯从形成到温习，已经巩固了好几百遍了，怕是这辈子都难以改掉了。

莫西一，恋人未满的这些时日，你快乐吗。

如果不是因为莫西一被学校派了去山区支教，我以为我就要这么和他一起终老下去了，等到有一天，他终于发现了身边的我的时候，再把我娶回家。我的算盘本就是这样打的，把一切都想得很好。可是突如其来的工作安排把你调到了离我那么远的地方去。

距离是个可怕的东西，你还没走的时候，就让我内心充满了恐惧。

你走前，我没日没夜地给你用毛线织了一双手套，听说，戴着心爱的人织的手套，就会被套住，就会平安健康地回到她身边。

我也不知道为什么自己当时还那么幼稚，竟然相信这种没由来的传说，但是就是莫西一，就是因为你的存在，我信了，我相信传说，相信童话，相信你。

只是，因为自己第一次织，手套一个大一个小，你戴着有些不合适，但你还是笑呵呵地把它戴在了手上，那么开心，像是得到了世界上最珍贵的礼物。

我送你到了车站，你拉着大大的行李箱，我低头，你不出声，直到最后火车哐哧哐哧地开了过来，我才猛地抬起头，笃定而认真地和你说："莫西一，我等你回来，你一定要回来，我会一直等着你的答案。"

你终于不再沉默，温柔地看着我，这一次，我真真切切地在你眼中看见了不舍。

你把手放到了我的脸颊上，用你的手心摩挲着我的脸，低头，在我的额头上留下轻轻的一个吻。

我只觉得火车的轰鸣声渐渐地消散，风吹到脸上竟有说不出的浪漫，天旋地转。

莫西一，等了这么多年，终于等到了你的一个吻。

莫西一，你终于肯对我好一些了吗。

他说："谢谢你，程青桐。"

火车轰鸣作响，他还是离开了，就这么离开了。

我甚至连背影都看不见。

所有的记忆，只剩下了想念。那我该用什么去把这些习惯改掉，我又该怎么度过这些你不在我身边的岁月呢。

像是把另一个我从我的身体中抽离出去，只剩下一个躯壳，让她在阳光下游离，像一个行尸走肉般，为了活着而活着。

而等你，成了唯一想做的事，也就理所当然地希望，时光能过得快一些。

在别的女孩儿都希望青春可以慢慢走，可以尽情挥霍的时候，我希望时光能快些，这样你就能快点回来了。

眼看就要过年，距你离开，已经有两个多月的时间了。我还在认真地工作，认真地生活，过着两点一线的单调生活，老妈看在眼里快要急疯了。她每天和我念叨的最多的一句话就是：你的那个莫西一什么时候回来，回不来你就别等了，你是个女生，你等得起吗，再等你都嫁不出去了……

也就是说她老人家一直用我嫁不出去了的话吓唬我，想让我尽快找个男朋友，可是每一次都是被我一口否决掉，毫不犹豫。

每当这个时候她就气得直吐血，大概做梦都在骂我这个不孝的女儿。

直到有一天……

她不知道从哪里拿回来一沓照片，然后笑眯眯地坐在了我跟前，盘腿一坐，胳膊死死地绕着我的胳膊，我想逃都逃不掉。

于是乎，就这样，被迫和她品评我即将相亲的对象。老妈的语言功底不容小觑，但是我属于直系遗传，拒绝起来也丝毫不费力。

第一个……

"青桐，你看看这个，个子高高的，人也这么精神，家里又都是公务员，条件还是蛮好的，要不你去见见？"

我略微不满地看了一眼，扭头就想吐："妈，这个人肥头大耳，一看就不知道贪了国家多少财产，再说了，你也知道，我一向不喜欢这么胖的，我只喜欢莫西一那种看起来又瘦又高的男生，这个，我不喜欢！"

"好好好！你看看这个。"她又从众多的照片里挑出一个身材不错的，"你看，这身材比起莫西一有过之而无不及，听说这是个搞IT的，现在是数字化时代，搞IT多吃香啊，这个好，我这就去打电话约一下你刘阿姨！"

"妈！这个人的眼镜快比啤酒瓶儿的底都要厚了，你竟然让我和他相亲！你也不想想下一代，这遗传是很重要的啊，况且我不喜欢眼睛那么小的……"

之后的半个小时。

"我不喜欢鼻子这么塌的……"

"这个秃顶了……"

"长得这么猥琐看都看不下去，看一辈子还不得难为死我！"

"妈，这个络腮胡子都能当我爹了，我是要结婚呢还是要找爹啊！"

……

"程青桐！"老妈发出巨大的一声咆哮，"你就是非要挑刺儿是不是，最后一个，这个你必须得见，我已经帮你约好了，人好，家庭好，最主要的是人家也是一表人才，你要是不去见，我今天就去跳楼！"

"妈……"撒娇式的语气。

"别叫我妈，世界那么大，我上哪儿给你找一个和莫西一一模一样的人去，你要是还当我是妈，你明天就去给我相亲，相亲！"最后两个字差点没把我的耳膜震碎。

无奈之下，我只好去了。

莫西一，你看好了，我没有对不起你，我只是去会会这个人，我包他看到之后不想再见我第二次。等你回来，我把这个故事完整地讲给你，你一定会捧腹大笑，然后揉着我的头发说，程青桐，我爱你。

去之前，我去理了个发，我只希望那个人见到我之后，主动退缩，再也不想见我第二次。

走进理发店后，随便找了个地方坐了下来，随便指了一个理发师帮我服务。

"你好，造型师，帮我理一个毛寸。"

我几乎是一点都没有迟疑就说出了上一句话，用我流畅的语气，洪亮的大嗓门。果然是和遗传有关的。

那个造型师放下了手里的工具，站在我面前："小姐，你头发这么长，这么顺，你确定要剪成……毛寸？"

我实在是不愿意多说一个字，扭头向他一本正经地点了点头。

事实证明，头发太长真的会增加压力，理完之后整个人都觉得神清气爽，此时特别羡慕那些从出生就一直梳着小平头的男同志们，你们实在是太幸福。

之后，我顶着这颗个性的脑袋，买了一身男性化的服装——去相亲了。

其实相亲的对象人真的很不错。相貌堂堂一表人才，眸子深邃，睫毛很长，皮肤是微微有些黑的小麦色，发型——是和我一样的毛寸。

看来我真是选择了一款当下最流行的男士头型。

他穿着一身黑色的西装，优雅地端着咖啡杯，在等我。

只是当我吊儿郎当地坐在他面前的时候，他面露狐疑："这位先生，这个地方我已经定了，您可以去别的位子坐吗？"

我想笑，但还是强忍着："你不是在等人吗？"

我眉毛一挑，然后用手指了指自己，他一惊，又听见是女生的声音，嘴瞬间张得老大："你是程小姐？"

我理所应当地点点头："对，我是程青桐。"

之后的事情自然不用我再多讲，这个帅哥，被我吓跑了。

其实他很好，或许没有莫西一，我真的会很认真地相亲，认真地打扮自己，和相亲的对象看场电影，相处几个月，然后就结婚了。

可是莫西一，从你出现之后，其他的人好像都不及你万分之一好。无论我怎么努力，还是做不到去接受别人。

当天回家的时候，我是戴着假发回去的，我哭丧着脸，和老妈说："妈，那个人长得太帅了，根本就看不上我，从始至终就没有正眼看过我，我还是不去自取其辱了。"

我老妈这下急了，从厨房里几乎是跳了出来，就开始对那个人破口大骂："这人什么眼光，我姑娘长得如花似玉，他眼睛是瞎了吗，竟然还看不上你！"我心想，幸亏这男的不在这里，如果要在这里，说不定她老人家冲上去就是一顿胖揍了。

我脱了外套在沙发里偷偷地笑，一不小心被她发现。

"青桐，你老实说，你是不是根本就没去，我这就打电话给你刘阿姨！"

"你打啊！你要是不怕伤我的心你就打！哪有赶着自己女儿往外嫁的！"

她见我将她一军，便不再那么冲动了，这件事情就不了了之。

直到后来她发现了我戴的假发，才又劈头盖脸地数落了我一顿。

"程青桐，你还真的豁得出去，你不嫌丢人，我还嫌丢人呢！为了拒绝别人，竟然把自己的头发剪那么短！就你会剪吗？你怎么不直接剃成秃子？你干脆出家算了！我看你出家以后那个莫西一会不会要你……"

我在一旁张大嘴，无限惊吓状——老妈你也太狠了。

不过，莫西一一定不会嫌弃我，他一定会抚摸着我的光头和我说："青桐，你真好看，真好看，你头上的皮肤可真好……"

不得不说，我想象完之后自己都差点吐了。

老妈知道这件事情之后便再没有给我介绍过相亲对象，只是总是对着我一个劲儿地叹气，久而久之，我也习惯了。

莫西一，我就这样平淡无奇地度过了三年，你偶尔打来的电话、发来的短信成了支撑我的理由。直到现在手机里塞得满满的都是你的短信，我一条都没舍得删，甚至是你说的那些"嗯""啊""哦"我都舍不得删。

这天，你破天荒地要QQ视频，我下班就赶忙往家冲，冲进来之后就往电脑跟前坐，害得我老妈以为我是受了什么惊，一个劲儿地安慰我，让我万事要稳，不要急……

我应付过老妈，打开电脑，上线，看到了你闪烁的头像，以及发来的视频请求。

我迅速地点下了接受，然后开始了漫长的等待。山区的信号太差，我坐在座位上如坐针毡，特别想给你们那里安个接收器或者是什么能让信号变强的东西，然而，着急没有任何用，我只能这么耐心地等着，三年都等了，还差这几分钟吗。

画面抖动，信号渐渐稳定下来，我在有些卡的画面里，看到了你的眼睛，听到了你的声音。

"青桐？你能看到吗？你能听到吗？"

画面闪了一下，你的面孔跳在了屏幕上，我终于看见了完整的画面。

那一刻，我几乎是发不出任何声音的，只是呆呆地坐在你面前，不说话，也不敢说话，好像怕稍微一用力就会破坏你的信号一般。你朝我露出了一个浅浅的笑，和曾经一样的浅笑，熟悉又陌生。

莫西一，你瘦了，你的颧骨更高了，我心疼不已，却没有说出来。

"莫西一，我看到了，我也能听到你的声音。"

他笑了，这一次是开心地笑了："程青桐，我很想你。"

程青桐，我很想你……

声声回响，一遍又一遍。

我轻咬嘴唇，深情地望着他。

"程青桐，在这里，我想了很多，没有人打扰，也没有人照顾，却能让我更好地思考，我可以没有小暖，可以没有温柔，也可以没有一个完整的家庭，但是，我想来想去，才发现，我不能没有你。"

我几乎是哇的一声哭了出来，但是害怕失态，第一时间用手捂住了嘴，眼泪夺眶而出，这是不是就叫喜极而泣呢。

"程青桐，等我，等我完成最后一次支援灾区的活动，我就回去，回去之后，我就娶你，好吗？"

那一刻，他的声音顺着网络的信号，一波一波传了过来，我坐在电脑对面一个劲儿地猛点头。

莫西一，我等了这么多年，终于等到了你的答案。

莫西一，你知不知道，这一刻的我，有多么幸福。

视频挂掉之后，我坐在椅子上傻乐了好久，转身的时候，看见了同样微笑着却泪流满面的老妈。

"小桐，妈妈祝福你。"

我们相视一笑。

那一刻，我永远都忘不了。

直到后来的后来，那都是我最难以忘怀的时刻。

之后的我一直处于等待他的状态中，精神好了很多，每一天似乎都觉得第二天他便要回来了，这种幸福期待的感觉，让人觉得每一天都无比充实。

这天下班，我像往常一样打来了电视机，电视里播出的一条新闻吸引了我的注意，手里拿着苹果，一边漫不经心地啃着，一边听着新闻报道。

新闻里的播音员声音很平静地念出了一段话："在××地区的一次教职

工支援灾区活动中，出现了状况，山体意外滑坡，数名教师遭遇不测。"

这段话毫无温度，冰冷，无情。

手里的苹果被自己掐出水来，我赶忙拿起电话，准备给莫西一打个电话过去。

此时，电视的屏幕上公布出了死者名单，"莫西一"三个字，刺痛了我的瞳孔。

电话那头传来的是机械般的声音：您所拨打的电话暂时无法接通，请稍候再拨……

我的情绪瞬间难以控制，瘫倒在了地上，只觉浑身冰凉，毛孔全部张开，苹果几乎被我捏碎，就连呼吸都变得好难受。

老妈从屋外进来，看见我的样子之后惊慌失措，看了看新闻里的报道，又看了我的样子，便大概明白发生了什么。

我失声痛哭，眼泪不断涌出，嘴里不停地念叨着莫西一的名字，而你，却再也听不到了。

一遍遍地呼喊，一遍遍地哭诉，你再也听不到了。

一年又一年地等，一日又一日地盼，马上就要等到你了，而你，却向我宣判了一个死刑。你说，你再也不会回来了。

那你让我一个人如何面对剩下的岁月，让我独自一人如何承受这生命不能承受之痛，莫西一，你说过你会回来的，言而无信，不是你的作风啊……

你听不到我的哭声，看不到我的绝望，这大概是这个世界上最无情的事情了吧。

"青桐！青桐，不要哭了，不要哭了……"老妈不停地让我不要哭了，但她却抱着我，和我一样哭得那么伤心。

莫西一，你忍心吗？

你说过，你要向着我走出最后一步的。

可为什么你还没有走，就选择了离开。

我不敢说那是我一生中度过的最漫长的夜，因为一辈子太长，我还没有过完。我只能说，熬完那个漫长的夜之后，我再也无法去面对爱情，再也无法去这样爱上一个人了。

我爱得太辛苦，也太累了。

在我最美好的青春岁月里，我只敢以朋友的名义爱着你，用我所有的青春点燃了属于你的我的爱情。

我无所畏惧地朝着你走了九十九步，却从来没有想过，最后一步是要送你去天堂。

是不是不完美才能叫青春？

是不是不残忍便不能叫青春？

是不是不受伤就不能真的长大？

眼泪凝聚成雾，伤痛蚀骨不忘。长此以往，刻骨铭心。

尾声

青桐之爱

雾色青桐

第二天，我收拾好了要带的东西，噪音吵醒了一夜都没怎么睡好的老妈，她眼里满是焦急，走到我跟前，开始不停地安慰我。

"青桐，青桐你这是要去哪？妈妈和你说，你不要冲动，就算是没有了他，你还有我，难道你连妈妈都不顾了吗？"

我看着她的样子心里一酸，我扔下了手里的东西上前紧紧拥住了她："妈，你放心，我不是乱来，也没有冲动。莫西一的遗体还在山区里，他妈妈病着过不去，他爸一直以来对他也不是十分在乎，所以，我必须去，把他带回来，不然他一个人会孤单的。"

听我说完这一番话，她的心放了下来，拍了拍我的背，轻声说："去吧，早去早回。"

我点点头，她摸了摸我已经又长长的头发，说了声"妈妈等你回来"。

我眼睛疼得厉害，眼泪都已经流不出来，就这么通红着出去怕是会吓到路人，所以一路上都戴着一副墨镜。

坐在车窗旁边，我看着一路上的风景，心里渐渐平静。想到当初莫西一就是看着同样的风景走进大山时，我就恨不得把所有的景都看遍，一个角落都不要错过，只是，火车那么快，窗户那么小，我能看到的，只有这个世界的一个小角罢了。

当我看到大山时，心里一阵汹涌，就是这里困住了他三年，最后又带走了他的生命。

可又不能怪它。怪只怪他心里的那道障碍太深，真正困住他的，是他心里的那道坎儿。

我接回了他的遗体。

我看着他的面孔，心里是说不出的滋味。

躺在这里的人，难道就是我一直以来心心念念的人吗？

他为什么一动不动不说话……

如今的你，再也不能看风景。

如今的我，再也看不见温柔的你。

阴阳相隔，此生再也不能相见。

在回去的路上，我一直设法让自己的内心安宁，回想着那些过往，好的，坏的，开心的，不开心的，历历在目。而你鲜活的面庞还是会不停地出现在我的脑海，大概是我曾经太能想象你的脸，你的一举一动，所以现在回想起来几乎不费吹灰之力。

想着想着，甚至会甜蜜地笑出来，好像你就在不远的地方等着我去找你一般。

随着列车离大山越来越远，离家乡越来越近，我的心也越来越平静，渐渐踏实下来。

或许你从未离开我，或许你会永远存在于我的心里，这样便不会有人把你抢走，也不会有人再来伤害你，我的心房，将是你最安全的港湾。

雾色青桐

我在他的墓碑上写下了"青桐之爱"四个字，这一生，除了你，我不会再如此深爱任何一个人。

莫西一，你听到了吗？

后来，我接到了叶阿姨打来的电话，她说叶碧含已经醒来，我高兴得不能言语，却也不是曾经一蹦三尺高的样子。

接着她又说虽然小含已经醒来，但是脑部还是受到了重创，有一部分记忆仍然被忘记了，很多人她都已经不认识。

听到这里我还是会有一些难过，因为那个从小伴我长大，伴我成长的人，可能不认识我了。我无法面对这个对我浑然不知的叶碧含，但我依然感谢，上天能给她一次机会，让她重新拥有生命。

对，活着，清醒着，便是最大的欣慰。

我会每天去看她，去和她讲我们曾经的过往，那些青春的故事，那些飞扬跋扈、张牙舞爪的生活点滴，让她一点一点地想起我。告诉她我们在哪条小道上散过步，告诉她迷倒众人的那些辉煌历史，告诉她我们曾一起疯狂一起挥霍过的每一个日日夜夜，天台、宿舍、操场、教室，几乎所有的地方都有着我们一同走过的痕迹……

那天我趴在小含的身边，握着她的手，看着她那无忧无虑的双眼，认真又神圣地说："小含，真正的朋友，不能用时间的长久来衡量，而是那些来了便再也没有离开的人。如果你忘了我，我就让你重新记起我，如果，你记不起我，我愿意和你重新创造记忆。"

她看着我的眼睛，我笑着，她点了点头，拍手叫好。

叶碧含，你知道吗，你的康复，是我这些年以来听到的最好的消息，是我所有绝望中唯一的一丝希望。

你的笑容，是我今后，要做的所有的努力。

你的康复，从今往后将会是我最大的动力。

就在我出了医院，匆匆赶往公司的路上，接到了一个陌生的电话，我看着屏幕闪烁，想了好久都没有想起这个B市的号码会是谁。

"喂？程青桐！"

"蔡其航？竟然是你！"我几乎用一秒就听出了他的声音，心里有些激动。

"程青桐，我手机没有电了，所以，用了朋友的电话，我只是想第一时间告诉你，欢欢已经接受了我的求婚，再有不久，你就要随份子钱了。"

听着他的声音，几乎就已经看到了他此时兴奋的脸，我为他高兴，心里是满满的羡慕。

"祝贺你，蔡其航。一定要幸福。"

他们终究还是成了平凡的一对，可是对于多数人来说，这样的平凡都是难能可贵，能够拥有这份平凡的幸福，已是莫大的幸运。

抬头望向天空，深蓝邈远，飘着几片游离着的云彩，淡淡的，薄薄的，显得有些萧条。听说好人死后会去天堂，那么莫西一，你在天上一定你能看得到此时的我吧。

我曾乘上了你的这趟列车，便注定此生再也不能将你彻底放下。

你曾钻进了我的心房，我捂着心窝紧紧地把你收藏。

雾色青桐

我张开了双臂，向着天空，闭上双眼，踮起脚尖。

我能感受到你，感受到你的温度，你的轻吻、你的拥抱和你幽深的瞳孔里传递给我的那一点点爱的希望。

学长，你又机智了

俗话说，唯女子与小人难养也，但"池珺珺"却觉得
"凌寒枫"比女子和小人加起来更难搞定！

【现实】

- "池珺珺，实验器材都消毒了吗？"
- "池珺珺，培养液配好了吗？"
- "池珺珺……"
- "学长，求你给我一分钟喘气的时间……对了，学长，你负责抓的小白鼠呢？"
- "要不，你躺上去模拟一下？"
- "学长，你能不这么坑人吗？"
- "不能。"

【游戏】

- "不是说PK吗？你到哪儿了？"
- "在路上呢，大概20分钟后到达目的地。"
- "没有传送符？"
- "要1金呢！"
- [好友"傲寒天"给您发来"传送符"一张。]
- "记得你现在欠我3万金了。"
- "一张传送符3万金？你怎么不去抢啊！"
- "我现在不是在抢你吗？"
- "到底还讲不讲理了！"
- "不讲。"

"进击的白团子" 成名作《同学，你马甲掉了》姊妹篇《学长，你又机智了》
比玩网游的奥数冠军更"男神"的学长机智登场！

——学长，你能不这么机智吗？

——不能。

美少年天团"告白"来袭!

艾可乐独家奉献 超甜蜜的校园魔幻爱情
《真的喜欢你哟》

【内容简介】
琉璃学院鼎鼎大名的校花月梨奈,真实身份竟然是破产户的女儿?
老爸跑路,别墅被收走,她还意外被一名相貌"可怕"的神秘少年艾伦·梵卓纠缠!
唯一能求助的青梅竹马司徒又是个控制狂,跟人气偶像郑南彬组成她超讨厌的"毒舌"二人组!
不管啦!哪怕沦落到住阁楼,梨奈也只一个人安静打工找老爸!
可谁想到她被迫收留的神秘少年艾伦,竟然一夜变成绝世美少年!
花痴成群,麻烦不断,傲慢的竹马王子察觉到危机,还跑来向她表白!
艾伦醋意满天飞,宿敌大小姐李兰熙也不甘心跳出来捣乱!
什么?你看我不顺眼是因为我抢了你的意中人?可是大小姐,你的意中人到底是哪位啊?
年度心跳蜜恋特辑!艾可乐独家酿制的异类爱情即将唯美上演!

极晶校花一夜变破产千金
神秘冷傲的血族亲王&毒舌别扭的青梅竹马热辣出击!

告白语: 月梨奈,我是真的真的喜欢你哟!

超人气软萌少女茶茶 巨献轻氧系浪漫故事
《精灵王子的时光舞步》

【内容简介】
回乡下探望爷爷的途中被古老森林里的精灵恐吓,想办舞会又听说学校阁楼里有"幽灵"出现,千寻雪这段时间遇到的怪事可真多!
千寻雪不信邪,拉着姐姐大闹阁楼,逮住"吸血鬼"少年白洛西和会说话的蝙蝠一休,还和他们一起成立了薄荷社团。
等等,为何这个老捉弄她的坏蛋白洛西靠近她时,她的心会"怦怦"地乱跳?
她还没弄明白这颗心是不是被他偷走了,观察白洛西很久的大小姐苏纱却跳出来揭穿了白洛西的身份!
一时间,千寻雪沉浸在被欺骗的愤怒中。当她怒气冲冲地想弄清楚真相时,苏纱却失去了消息,白洛西也诡异地被绑架了。
什么?他真的不是吸血鬼?他身上还带着天大的秘密?还有一个想要他性命的大仇人?
不管了,白洛西,无论你是谁,我历经万难也要找到你!
我赖上你了!

欢快俏皮少女"赖上"古老精灵,将神秘美少年"坑蒙拐骗"抱回家!

告白语: 我是属于森林的精灵,只要你在等我,我就不会消失,无论现在,还是未来。

松小果 史书级调侃+反差形人设+爆笑的剧情

《美型骑士团·星辰王女》

【内容简介】
"学霸"夏小鱼最大的爱好是看参考书；最喜欢的游戏就是做参考题。
可是谁来告诉她，为什么她突然得继任什么星空守护使，还要负责守护星空城的和平？这简直是在浪费她做题的时间！
还没等她反应过来，星空守护三骑士绚丽现身——
永远欺压在她头上的全校第一天才美少年安芃染说话刻薄就算了，还敢嫌弃新任守护使？
天使般的可爱"正太"樱寻狐岛竟然足足有三百岁，结果莫名其妙地被抓走？
拥有奇特思维的"酷炫"系不良少年息九桐暮姗姗来迟，怎么是"吃货""话唠"？
呜呜呜，为什么解除骑士魔咒的办法是星空守护使的祝福初吻？
"学霸"少女的日常生活完全混乱啦！

甜美少女学霸变身元气星空使！三大骑士保驾护航！
混乱异界和星空之城的故事浪漫上演！

告白语：去吧！去做一个星空守护使应该做的事情！我会守护你！

灵气女子七日晴 终极幻想情感力作

《迷迭香记忆馆》

【内容简介】
你有没有想要尘封的过去？你有没有未能圆满的憾事？
传说三界中有一家迷迭香记忆馆，馆内有一面名为"溯流"的时光之镜，凡是踏进馆中的人，都能回溯时光，重塑记忆。
少女夏云梦从一段噩梦往事里解脱，进入记忆馆帮助清冷神秘的美男馆长周稷打理事务，却见证了一段又一段与爱情、记忆有关的故事。冷淡疏离的未婚夫妻，身份隐秘的网络名人与女武替演员，失去友情的鲛人少女……
浮生有尽，唯情不止，于迷迭般的淡淡香气里，氤氲一曲三界人情百味奇谭。

琥珀色泪珠，缠绵世间凄美的爱情故事……
迷迭花香，迷醉诱惑，指引你去往轮回之地！

告白语：一想到以后的日子里没有了你，我会心碎至死。我想把对你的爱变成永恒，生死相融，永不分离。

风华倾国

十年前，她是梦夏国最后一名公主
十年后，她是琉璃国第一女国师

身在敌国，她步步为营，一双素手暗中掀起整个朝局的腥风血雨，只为了结一场刻骨之恨！

她算到了一切，而他的到来却成了她的意料之外！

他是名震天下的"战神"，是所有女子仰慕的对象，却独对她一见钟情。

他与她的碰撞就仿佛上天注定，命运给了他们一击而中的爱情，可当真相抽丝剥茧般揭开，才发现她与他之间竟横隔着血海深仇和数以万计的枯骨！

是冥冥中注定，还是天意弄人？

大乱之世，纷扰天下，她与他皆背负着不同的使命，可她不知，在使命之上，他只求护她一人始终！

亡国公主卧底敌国，成功上位，于危机四伏中与琉璃国帝王将相一众人等斗智斗勇，谱写了一段传奇的乱世悲歌！

堪比《芈月传》的女性励志成长
胜过《美人心计》的爱恨缠绵
唐家小主挑战趣味权谋
推出重磅之作《风华倾国》

推荐指数 ★★★★★

（欢迎入群：575020455）

深情
款款

POST OFFICE
MAIL

菜菜：
有没有人在啊？（一片寂静……）

菜菜：
有没有人在啊？（依然一片寂静……）

菜菜：

 加恩·小·姐：
已经备好小本子。

哗啦啦·小·雨：
收到！

寒污婆：
我来啦！

菜菜：
果然……来来来，大家来分享一下，这些年听到、看到最深情的一句话吧。

加恩·小·姐：
好像没我什么事……

寒污婆：
有一次我问我男朋友：有人追我怎么办？他很认真地说：你不跑他不就没法追了！嗯，好像说得还挺有道理……

哗啦啦·小·雨：
去年冬天，下着大雪，他把手套和围巾都给我。我问：你不冷吗？他说：我冷一点没关系。（脸红）

爱麻辣烫的夏·小·桐：
为什么变成了一场秀恩爱分享会？（摇了摇菜菜的肩膀）

周款款：
说到这个，我想起了叶叙对我说的那段话。
"以前，我只顾埋头创作，初次认识她时甚至还觉得她又土又俗。可后来我才发现，自从有了她，我才知道什么叫真正的活力和生活。艺术来源于生活，不光有阳春白雪，还有下里巴人。她改变了我。有句诗是这样的，'我爱你，不光因为你的样子，还因为和你在一起时我的样子'。"

菜菜：
好甜✿ω✿，看得我都想谈恋爱了！不过这位周款款同学，你是从哪里窜过来的？

周款款：
啊？我从《深情款款》而来。

菜菜：
看来无论是学习"撩汉"，还是"撩妹"，都得多看书啊！

周款款：
嗯，比如说@爱麻辣烫的**夏小桐**的新书《**深情款款**》，你们值得拥有！

晚安 夜风相伴

著

Good night

每一个无眠的夜晚，世界都不曾冰冷，窗外起舞的萤火虫，街口昏黄的路灯，都可以给你温暖。
亲爱的，迷失在情感的路途里不算什么，因为你依然拥有整个世界。

畅销作家毕淑敏晚安短篇集

45个温情暖心故事，与你说尽世间万般情，终豁然开朗

/// 文坛大家毕淑敏常常将自己的所见所闻付诸笔端，再用故事的表现形式如抽丝剥茧般一点点流露出其对爱情、亲情、友情的感悟，本书尤其如此，年轻人阅读或有所启发。

——搜狐读书

/// 人的一生有如一场修行，过程中遇到的挫折、磨难无可避免，而读书则如我们修行时用来披荆斩棘的工具，越是好书，发挥的工具效用越强，毕淑敏的这本书大抵是件好工具。

——新浪读书

/// 来自心灵智者毕淑敏的温情独白，《晚安·夜风相伴》用暖人心扉的笔触去解读生活、品味情感，行文朴实亲切、细致入微又充满睿智的哲思，会带您体会生活的独特韵味、情感的质朴动人，找寻心灵的出口。红尘俗世中，唯有爱不可忘、不可负。

——咪咕阅读内容总监陈晶琳

"晚安"
系列

来自故宫神兽天团的 皇家八卦集锦

吱吱吱……

大家好，我是来自故宫神兽天团的行十，故宫博物院太和殿上的最后一位脊兽。

因为我们久居深宫，所以积累了无数的皇家八卦。

而且我们团队最近迎来了来自圆明园的新朋友——十二生肖兽首，极大地扩充了八卦来源！

我们这就来跟大家分享一下！

皇帝每天的起床时间
爆料人——凤凰

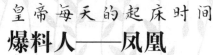

呃，作为早睡早起的好习惯代表，生物钟让我每天早上四点醒来。（拜托，我是凤凰，我不打鸣！）

然而有一个人，竟然比我起得更早，那就是皇上。原来做皇上，每天天不亮就要起床更衣了呢！皇帝都这么辛苦了，你们还有什么偷懒的理由！

被请客的皇上
爆料人——猴首

作为待不住的猴子代表……（行十：泼猴，你说谁呢！）

我在圆明园的时候喜欢乱跑，于是听我另外一个古董朋友说过八卦。它以前在一个南宋王爷的府里待过，那位王爷曾经请皇上吃饭，一顿饭，不算重复的菜，光吃各类果盘、肉干、果脯等冷食就有92道，接着各类热菜、汤类、海鲜也吃了30道，听得我口水都流了一地！

每天都不能按自己爱好选择衣服的皇上
爆料人——天马

爱美之心人皆有之，就连我们这些神兽也不例外！可是，我有次在皇上的宫殿里乱逛的时候才发现，原来皇上竟然是不能按照自己的喜好选择穿衣服的。不同的节气、节日都要穿不同的固定的衣服。唉，没想到，身为皇上，竟然连选择自己今天穿什么衣服都不行呢！

绝对不能把饭吃完的皇家贵族！
爆料人——猪首

再次郑重声明，不准叫我猪头！（众神兽：好的，猪头！）
身为一个吃货，我最喜欢的就是每到饭点就去围观皇家的筵席！呜呜呜，他们每顿吃的都好多啊！而且听说，他们有个特别变态的规矩，就是绝对不可以把席上的东西吃完！
浪费可耻！不过，还好达官贵人们吃过的筵席，都要赏给下人们吃，能吃到主人席上剩下的东西还是一种很大的荣誉！
好吧，我承认，在他们吃之前我就已经在厨房偷吃过一点了！

 "小优趣读"系列 《会说话的古董》

象牙塔少女沈星月最崇拜的人是身为故宫文物修复师的叔叔。
在14岁生日这天，她收到叔叔送的"东王公西王母铜镜"仿品之后，竟无意中打开了神秘的文物世界大门。
衣袂飘飘的《清明上河图》少年张择端，在故宫"扮鬼"捉弄游客；"呆萌"的西安乾陵翁仲大叔，委屈地蹲在地上画圈圈；太和殿屋脊十大瑞兽联手欺负"故宫外来人口"，还有敦煌莫高窟里无脸飞天女传来的哀婉哭声……神秘事件一次次出现。
沈星月在解决这些事件的过程中，慢慢被家学渊源的晏晓声发现了自己的秘密。
谁来告诉她，为什么这个冷漠美少年晏晓声总是能化腐朽为神奇？
神奇少女沈星月搭档全能少年晏晓声，将带你踏上独一无二的古董文物保护之旅……
你准备好了吗？

男神职业大比拼，
总有一款适合你！

原创手办原型师 **VS**
米其林蛋糕师 **VS**
电视节目导演

轻氧系时尚达人 **松小果** & "巧克力文学掌门人" **巧乐吱**

打造不一样的职业男神拼拼看！

1号男神　原型师　顾麦克
《缪斯公主绘心殿》松小果

拥有天才一般的头脑，计算机专业的大神，可以非常轻松地写出各种复杂的代码。外表是高冷的冷帅哥，私底里却是个手办控。因为挑剔严谨的性格，经常自己亲手制作手办，是个低调却在网络颇具名气的"原型师"。

2号男神　米其林蛋糕师　韩承宇
《初恋星光抹茶系》巧乐吱

身份神秘的私家咖啡屋"one"店主。
性格有些孤僻。明明是在国外留学，偏偏对甜点情有独钟，在米其林星级餐厅帮过厨，后来还成为米其林星级餐厅的特约监察员，吃遍了欧洲所有的甜品。明明在国外有更好的发展机会，却选择回国开了家小小的"one"咖啡屋。虽然咖啡屋主打咖啡，但是会随心情限量做甜点，可遇而不可求的优势让他的甜点迅速成为口碑最高的美食，限量的手工定制甜品让"one"名声大噪。

3号男神　电视节目导演　徐晚乔
《轻樱团夏日奇缘》松小果

他在所有人面前都是温润如玉的君子，如清风般让人觉得舒服，只有在青梅竹马的许轻樱面前，他才是那个有些凌乱、食量惊人甚至会说脏话的平凡男生。许轻樱的梦想是进入演艺圈，而他的梦想就是能一直陪在她身边，所以他选择了编导专业，想成为一名影视导演，在能看到她的地方一直守护着她。

男神有千万款，职业也有千万种，满足你的各种浪漫幻想，尽在松小果和巧乐吱的甜蜜新书之中！

1月新书上市预告

《独家甜蜜：男主大人的陷阱》 米米拉 著

▶ 是偷心的陷阱，也是独享的甜蜜，只要你愿意，男主大人马上降临

知识出版社

《时光与爱共沉眠》 锦年 著

▶ 晚风骤起，夜幕降临，黑暗深处，时光终会与爱共沉眠

知识出版社

《缪斯公主绘心殿》 松小果 著

▶ 打破次元壁的追梦罗曼史

天津人民出版社

《星域四万年③地底下的时空虫洞》 孙俊杰 著

▶ 虫洞现世引来屠城之劫，修士齐聚展开护城血战

知识出版社

《重返花样初恋》 宅小花 著

▶ 请给自己一次怦然心动的机会

知识出版社

《你在心上，别来无恙》 安晴 著

▶ 阮淮峥，我可以亲你吗？

万卷出版公司

《九月樱花馆·夜光少女季》 猫小白 著

▶ 万人期待的"猫氏"悬疑花美男小说

天津人民出版社

"超魂传闻"系列之 **《致闪耀的她》** 草莓多 著

▶ 跨物种合作，给最闪亮的你最美的梦

知识出版社

《眉间砂》 唐家小主 著

▶ 世间繁华不敌你眉间朱砂

天津人民出版社

《忘·情》 唐家小主 著

▶ 我愿陪你纵火焚神，也愿陪你重生成魔

天津人民出版社

《雾色青铜》 陌安凉 著

▶ 爱是倾其所有，唯愿深情不负

天津人民出版社

《精灵王子的时光舞步》 茶茶 著

▶ 重逢错过的时光故事

天津人民出版社

《请用科学的方法心动》 凉桃 著

▶ 在异界被迫成学霸，顺带收服男神，日子简直炫酷

天津人民出版社

《守护甜心，羁绊之结》 凉桃 著

▶ 假戏真做，保镖变女友

知识出版社

《美型骑士团·星辰王女》 松小果 著

▶ 学霸少女接任星光女王，由帅骑士护卫

天津人民出版社

《晴天娃娃吉祥雨：彼此的唯一》 慕夏 著

▶ 真正的勇敢并非凄美地放手，而是十指紧扣着说："死也不会放开你！"

知识出版社